HEYNE
BÜCHER

HAFFMANS KRIMINALROMANE
BEI HEYNE

CONNY LENS

STEELER STRASSE

Die Kattowitz-Connexion

DETEKTIVROMAN

WILHELM HEYNE VERLAG

MÜNCHEN

HAFFMANS KRIMINALROMANE BEI HEYNE
Nr. 05/142. Im September 1996.

Umwelthinweis:
Dieses Buch wurde auf
chlor- und säurefreiem Papier gedruckt.

Einzig berechtigte Taschenbuchausgabe
Wilhelm Heyne Verlag GmbH & Co. KG, München
Printed in Germany 1996
Konzeption und Gestaltung: Urs Jakob
Umschlagillustration: Gerd Bauer
Umschlaggestaltung: Atelier Ingrid Schütz, München
Gesamtherstellung: Ebner Ulm

ISBN 3-453-10873-6

Dabei sind diesmal:

Wolfgang Schröder	der nicht versteht, warum die Frauen ihn nicht verstehen
Chris Ullmann	die mal wieder die Drecksarbeit macht und dafür auch noch eingesperrt wird
Benno Korn	der keine Verfolgungsjagden mag, obwohl er ganz gut darin ist
Horst Lemanski	der sich vor einer Gestalt in Schwarz fürchtet
Irena Mikolajczyk	die für die Russen-Mafia arbeitet. Oder für die polnische?
Ottmar Stern	der über gute Connexions verfügt
Erwin Rocholz	der für eine Reklamation viel Geld ausgegeben hat
Oma Lene	die eine Kriminelle versteckt und mit Graupensuppe bekocht
Gerd-Uwe	der nie ein guter Hacker werden wird
Lord Pips	der Sex zum Kotzen findet
sowie	
1 Gestalt in Schwarz	oder Grau, jedenfalls dunkel
Und als *special guests:*	Hauptkommissar Schmittke, Verena, eine norwegische Kreisstadt, Anna, Irmchen, Joschi Bender, ein Ausländerfeind, Manni Pelldorf und »purple nose« Matuschek.

Die Gestalt stand am Rande des Flachdachs. Schwarz und unbeweglich, eine scharf abgegrenzte Silhouette vor dem trüben Licht der untergehenden Sonne. Die Arme vor dem Brustkorb gekreuzt, mit entspannt gespreizten Beinen. Wie eine Schlucht fiel die Hauswand unter ihren Füßen ab. Zwölf Meter, vielleicht fünfzehn. Von den Menschen da unten auf der Straße machte sich keiner die Mühe heraufzusehen. Von denen nicht.

Gegenüber dem Rohbau lag ein Wohngebäude, auf dessen Fassade nur noch Reste von Putz klebten. In einem Fenster im ersten Stock war trotz der frühen Stunde der Vorhang zugezogen.

Die Gestalt auf dem Dach hatte ausgezeichnete Augen, denen die winzige Bewegung nicht entging. Jemand stand hinter dem Vorhang. Stand da und sah herüber.

Nicht mehr lange, und er war reif. Wie ein Äpfelchen auf dem Baum.

Der Vorhang zitterte leicht.

»Gut so, mein Freund. Hast du Angst? Ja? Du hast allen Grund dazu.«

******

Schröder stand am Rande der obersten Leiterstufe. Keuchend, mit hochgereckten Armen, und kämpfte mit einer gut eingekleisterten Tapetenbahn, die sich liebevoll um seinen Kopf schmiegte. »Verdammte Affenkacke!«

Das Telefon klingelte.

»Von hier unten sieht es knubbelig aus«, sagte Benno.

»Noch ein Wort, Dicker . . .!«

»Und ich sag noch, laß uns Rauhputz nehmen.« Benno stützte den angeklebten Tapetenteil mit einem Besen ab.

»Das wird ein Chefbüro und keine Pizzeria. Frau Ullmann! Würden Sie sich bitte der Mühe unterziehen?«

Ein zierlicher Overall erschien in der Tür. Mit der Handfläche rubbelte Christiane sich Farbreste aus der Igelfrisur. »O mein Gott! Was machst du da, Schröder?«

»Ich tapeziere meine Zimmerdecke!« bellte Wolli und stemmte sich unter die quapschende Bahn. »Und du würdest mir eine große Freude machen, indem du ans Telefon gehst. Wenn in diesem Laden jeder machen würde, was er soll, wären wir ein gutes Stück weiter.«

Chris brummelte was von »Gelbe Seiten« und »Er hätte doch lieber einen Fachmann nehmen sollen« und nahm ab.

»Was hältst du von Deckenplatten?« fragte Benno. »Die können wenigstens nicht knubbeln.«

»Morgen vormittag? Warten Sie, ich schau mal fix in den Terminkalender.« Frau Ullmann brachte die alte Zeitung zum Rascheln, mit der Wolli seinen Schreibtisch abgedeckt hatte. »Um neun Uhr geht es . . . nicht. Gegen elf?«

»Kannst loslassen«, sagte Wolli, stieg von der Leiter und sah prüfend nach oben. »Wo sind denn da Knubbel?«

Bennos Finger zeigte nach da und dort und dort und da.

»Das liegt am Licht.«

Es klingelte an der Tür.

»Ich mach schon.« Gemütlich schlurfte Benno nach nebenan, drückte auf den Öffner und nahm die Teekanne vom Stövchen. Mit geschlossenen Augen schnupperte er an der Tasse. First flush, ein Darjeeling wie ein Morgen im Frühling. Drauf nahm er ein Schlückchen. Spritzig frisch und von blumiger Geschmacksfülle. Nur schade, daß Schröders Leitungswasser so gammelig war.

Jemandes Fingerknöchel klöpfelte den Türrahmen ab. Benno öffnete ein Auge und schloß es sofort wieder. »Wolfgang, Besuch für dich.«

»Hi«, sagte Verena und schickte etwas hinterher, was sie für ein

Lächeln halten mochte. Die ungewohnte Bewegung würde ihr bestimmt einen Muskelkater einbringen.

»Hi«, sagte ein Schnulli im Armani-Anzug hinter ihr.

»Geld ist nicht im Haus, das Konto ist leer, und alles, was du hier siehst, gehört Oma Lene«, sagte Wolli aus seiner Tür. »Du kommst also vergeblich.«

Verena tauschte einen Blick mit ihrem Begleiter. »Mein Ex-Mann.«

Worauf Schnulli Wolfgangs Hand nahm und sie schüttelte. »Schön, Sie kennenzulernen. Wie geht's?«

»Ich bin es zufrieden, mein Sohn.«

»Und sein Gspusi«, sagte Verena in Richtung auf Christianes farbbekleckssten Stachelkopf. »Wow! Heute mal als Bongo-Girl.«

»Grüß Gott, mit Pinsel und Pott«, strahlte Chris. »Frau Schröder-Wurmspiel! Darf ich Ihnen sagen, daß Sie wieder großartig aussehen?« Und zu dem Bengelchen: »Dabei hatte sie vorher solche Angst vor dem Lifting.«

Da Benno bei Familienkrächen gern außen vor blieb, kramte er seine Peterson Deerstalker – eins der letzten lieferbaren Modelle – aus den Weiten seines Flanellhemds und begann sie zu stopfen.

Inzwischen beendete Schröders Ex-Gattin die Vorstellerei mit einem betont beiläufigen: »Und das ist Arwed.«

»Hört sich an wie ne Kreisstadt in Norwegen«, sagte Schröder.

Schnulli lachte.

Benno fand ihn nicht mal so übel. Jedenfalls war er netter als Verena. Nun denn, das sollte wohl jedem Menschen leichtfallen.

»Arwed ist *creative director* bei Münch-Advertising. Eine der bedeutenden Werbeagenturen«, fügte sie fürs unwissende Volk hinzu. Und nach einer geschickt plazierten Kunstpause: »Wir haben uns vergangene Woche verlobt.«

Abruptes Schweigen.

Benno setzte die Pfeife ab und hielt Schröders Mienenspiel im Auge.

»Aha«, sagte der nur. »Und ich dachte schon, du müßtest auf den Nachbarjungen aufpassen.«

Auch davon ließ sich Arwed nicht provozieren.

»Mehr hast du dazu nicht zu sagen?« fragte Verena.

»Juhu«, sagte Schröder lahm. »Mein Gott, freut mich das.«

»Schade, daß wir keinen Reis im Haus haben«, meinte Chris. »Wir könnten ihn übermütig in die Luft werfen.«

Inzwischen besah Arwed sich interessiert den altersschwachen XT-Rechner. Schröder hatte ihn eines Nachts an Brunos Theke gegen zwei Flaschen Schnaps eingetauscht. Seitdem hieß er Asbach.

Verena erkannte wohl, daß ihr Auftritt danebenging, und beließ es bei einem Achselzucken. »Ihr renoviert ja immer noch.« Unaufgefordert betrat sie Schröders Büro. Wobei sie sich mit eingezogenem Bauch an Christiane vorbeidrücken mußte, die ihr nicht einen Millimeter aus dem Weg ging. Nicht einen. »Ist es den Aufwand denn wert? Du hättest doch bestimmt etwas Besseres bekommen können.«

»Hab ich mir bei unserer Scheidung auch gesagt«, meinte Schröder, und zu Arwed: »Schnappen Sie sich Ihre Advocard und ab zum Anwalt. Mit der Verlobung kommt die nie durch.«

»Wissen Sie was?« Arwed legte seine Hand auf Schröders Arm. »Sie gefallen mir.«

»Du hast ja eine Menge Arbeit auf dem Tisch«, kam es von nebenan.

Benno wagte einen Blick über Chrissis Schulter. Die Tapetenbahn war von der Decke gefallen und lag gehässig demonstrativ über Schröders Schreibtisch.

»Deckenplatten«, flüsterte Chris.

»Und sogar einen Fernseher. Ist ja wie bei einem richtigen Chef.« Das bezog sich wohl auf die Tatsache, daß Fernseher und Schreibtisch neben einem Drehstuhl die einzigen Möbel im Raum waren.

»Okay«, sagte Schröder. »Wir haben gescherzt, wir haben gelacht. Jetzt sag, was du willst, und ich zeig dir, wo es rausgeht.«

Wie eine Diva schwang Verena sich im Drehstuhl zu ihm herum. »Ich wollte dich bitten, mir übermorgen den Hund . . .«

»Nein!«

»Nur für kurze Zei ...«

»Nein!«

»Es geht darum«, mischte sich Arwed ein, »daß Verena und ich ein paar Tage auf einer Designer-Messe in Mailand sind und von daher keine Zeit hab ...«

»Nein! Diese schleimig kotzende Bioform kommt mir nicht mehr ins Haus.«

»Auch nicht für tausend Mark?« fragte Verena.

»Nei ...«

»Wolli!« zischte Chris.

»Du brauchst Lord Pips nur bei mir abzuholen und zu einem Züchter zu fahren.«

»Wo ist der Haken? Außer dem, daß mein Auto anschließend nach Magensäure stinkt?«

»Es gibt keinen«, sagte Verena und stand auf. »Du fährst ihn hin, behältst ihn über Nacht und bringst ihn mir zurück.«

»Erzähl, was Sache ist.«

»Nun ja, der Besitzer einer Yorkshire-Dame hat mich gebeten ... Nun ...« Angestrengtes Lächeln. »Lord Pips soll sie ... Ach, du weißt schon.«

»Er soll sie besteigen?«

»Herrgott, ja. So kann man es auch ausdrücken.«

»Tausend *bucks?*«

Verena nickte.

»Abgemacht.« Schröder riß ein Stück Tapete ab. »Gib mir das schriftlich.«

»Chris«, sagte Benno und setzte sich in Bewegung. »Ich glaube, wir sollten uns langsam waschen und los zur Arbeit.«

»Um zehn Uhr abends?« Verena brachte ihre getünchten Liddeckel zum Flattern. »Wo um Himmels willen arbeiten Sie denn um diese Zeit, meine Liebe?«

»Auf dem Liegesitz eines Mercedes«, lächelte Chris.

****

Gespenstisch ragte das Skelett eines Baukrans in den Abendhimmel. Irgendwo in der Ferne bellte ein Hund. Aus den Bäumen am Zufahrtsweg trug der Wind das Schreien eines Käuzchens herüber. *»Kiwitt, kiwitt – Komm mit, komm mit.«* Ein Scheinwerfer strich über die Wipfel. Kurz darauf ein zweiter. Und dann rückten sie im Rudel an. So war das eben nachts am Ruhrschnellweg.

»Mein Kreuz«, stöhnte Chris und rappelte sich vom Liegesitz hoch. »Ich muß mal für einen Moment geradesitzen.« Sie blinzelte durch die Windschutzscheibe auf die verlassene Baustelle. »Wieso klaut hier keiner mehr, seit wir aufpassen?«

»Abwarten.« Benno schmatzte leise und drehte sich auf die andere Seite. »Das Glück ist denen zugetan, die ehrlich sind und arbeitsam.«

Seit drei Wochen kam hier nächtens bei Nebel oder auch ohne alles weg, was nicht an armstarke Ketten angeschweißt war. Hohlblocksteine, Fliesen, Dachpappe. Aber auch ganze Kleinbagger, Kompressoren und Vibro-Stampfer, weniger zweideutig auch Rüttelplatten oder Hopser genannt. Inzwischen kannte Chris sich trefflich in der Tiefbaumaterie aus.

Apropos Technik.

»Sag mal, Dicker, wieviel Öl braucht dein Auto eigentlich?«

»Öl? Wiekommssudenndadrauf . . .?«

Sie rieb sich den steifen Nacken. »Ach, nur so. Mit meinem Auto scheint was nicht zu stimmen.« Sie drehte sich um. »Los, wir erzählen was. Sonst schlafen wir noch ein.«

»Hhmm«, machte Benno und dann: »Pffffftttt.« Um kurz drauf in einen grunzenden Schnarchton zu verfallen.

»Ja, toll!« Chris beugte sich nach vorn und drückte alle Knöpfe an den Türen runter. »Nein, wirklich. Das ist furchtbar lieb von dir. Aber du brauchst nicht auf mich aufzupassen.«

Kerls!

******

Der Klient, für den Chris noch soeben eine Lücke im Terminkalender entdeckt hatte, hieß Lemanski und wohnte kurz vor Gelsenkirchen-Heßler. In einem Haus, das aussah, als warte es sehnsüchtig auf die nächstbeste Abrißbirne. Zur Linken machte sich plätschernd eine betonierte Köttelbecke in Richtung Emscher davon. Links hatte man eine Abraumhalde vergessen, und gegenüber wurde gerade ein Betonklotz hingeschludert.

Es war vielleicht besser, gleich umzudrehen. Klienten aus solchen Wohnlagen hatten meist ein erheblich gestörtes Verhältnis zu offenen Rechnungen.

»Cash«, sagte Wolli und bremste ab. »Und versuch nicht, mir nagelneue Hunderter anzudrehen.«

Der Ascona ballerte mit Fehlzündungen um sich wie John Wayne mit dem .38er und kam ruckelnd zum Stehen.

Schröder betrat ein Treppenhaus, in dem jeder aufmerksame Fernsehzuschauer sich veräppelt vorkommen mußte. Wie eine Mischung aus *Der Fahnder* und Werbung für Bausparkassen. Es standen Fahrräder herum, es gab einen Kinderwagen und an der Wand ein Schild, das beides verbot. Um das Klischee abzurunden, müffelte es nach abgestandenem Kohlgeruch, vor langer langer Zeit gewaschener Wäsche, und zudem bogen sich die Treppenstufen unter jedem Schritt.

»Cash«, wiederholte Schröder.

Auf sein Klingeln klingelte es nicht, also schlug er die Hand vors Holz. Jede Wette, der Klient war so n Dünnhaar mit Lecter-Lächeln und angetrocknetem Blut im Mundwinkel. Und die Tür schwang quietschend auf.

Die Tür schwang quietschend auf.

»Ja?« Hannibal Lemanski hatte einen aschblonden Zopf, Ringe unter den Fingernägeln und einen Mundgeruch wie die Kanalisation von Oer-Erkenschwick. Dazu ein Gesicht wie eine Schüssel Rührteig. Ein Typ, bei dessen Anblick Mütter panisch werden und ihre Töchter hinter schützende Wohnungstüren zerren.

»Schröder«, sagte Schröder.

»Kommen Sie rein.«

Nun war Wolli keiner der Junggesellen mit einem Faible für Schrubber und Essigreiniger, aber in dieser Bude wäre er keinen Meter barfuß gelaufen.

»Schön, daß Sie den Aufrag annehmen.«

Davon war Wolfgang nichts bekannt. »Ich schlage vor, wir betrachten die Angelegenheit erst mal von meiner Seite«, sagte er mit Blick auf die wuchtigen Eichenmöbel im Halbrund. Wenn sie auch unter Staub verschwanden, sie hatten mal einiges gekostet. »Sie sind mit unseren Tagessätzen vertraut?«

»Nein.« Lemanski ließ die Schultern zucken und flegelte sich auf was Großgeblümtes. »Sagen Sie, was Sie verlangen. Sie sollen es haben.«

Allein dafür hätte Schröder ihn gern ein bißchen geohrfeigt. Doch die neue Geschäftspolitik zwang ihn zur Zurückhaltung. »Sechshundert Mark pro Tag und Mann.« Prima Lüge für den Anfang.

»In Ordnung«, sagte Lemanski.

»Plus dreißig Mark Wageneinsatz die Stunde.«

Daß sein Gegenüber lässig nickte, ließ Wolli voll aufdrehen. »Hinzu kommt eine Bearbeitungspauschale von fünfhundert und ein Grundhonorar von hundertfünfzig Mark.« Was vergessen? »Und Kilometergeld.«

»Nehmen Sie einen Verrechnungssche . . .«

»Nein.«

»Verstehe.« Lemanski drückte sich aus der Polsterung und begann in der Eichenwand zu kramen.

Wie kam so ein Schmierlappen dazu, sich aufzuführen, als würde er hauptberuflich Geld ausgeben? »Ich bin dazu verpflichtet, Sie nach dem Grund Ihres Auftrags zu fragen. Die Jungs in den schwarzen Roben nennen das ›berechtigtes Interesse‹. Wie steht es damit?«

»Wie steht es hiermit?« fragte Lemanski und fächerte ihm drei Tausender in die Handfläche. »Als Vorschuß?«

»Ich geb Ihnen ne Quittung«, sagte Wolli hastig und steckte die Scheine weg. Man konnte es in Sachen Mißtrauen auch übertreiben. »Also? Wo liegt das Problem?«

»Es steht.« Der Klient mit den Tausendern in der Schrankwand ging zum Fenster und drückte den Vorhang zur Seite. »Da drüben auf dem Dach.«

Sosehr Wolli sich anstrengte, er sah nichts.

»Nicht jetzt bei Tag. Abends, wenn es dunkel ist.« Er drehte sich zu ihm. »Eine schwarze Gestalt.«

Da bin ich wieder, sagte das Mißtrauen und warf ihm ein paar Brocken hin, wie *Psychiatrisches Landeskrankenhaus. Manische Wahnvorstellungen* oder *Der Patient reagiert nur auf den Namen Usher und wird versuchen, Ihnen schlüsselfertige Folterkeller zu verkaufen.*

Mit Sicherheit wäre es besser gewesen umzudrehen.

»Ah so«, sagte Wolli. Dabei hatte er die drei Tausender schon auf dem Firmenkonto gesehen.

»Sie halten mich bestimmt für verrückt?«

Genau das sagten die auch immer in solchen Filmen. Und dann genügte ein falsches Wort, und man hatte seine dampfenden Gedärme in den Händen.

»Hört sich ja auch verrückt an. Aber zweimal hat er da oben gestanden und mich beobachtet. Der gibt sich nicht mal Mühe, sich zu verstecken.«

»In Schwarz?«

»Schwarz oder grau, so genau kann man das doch nachts nicht sehen. Jedenfalls steckt der Kerl in so einem Jogginganzug oder so.«

Jogginganzug hörte sich wohltuend normal an. Und überhaupt hätte Lemanski schon ne Spur kräftiger sein müssen, um an Wollis Gedärme zu kommen.

»Ich will wissen, wer das ist und was er von mir will.« Erneutes Kramen im Schrank, dann patschte er eine Reihe Zettel auf den Marmortisch. »Der da steckte zuerst in meinem Briefkasten«, sagte er. Auf dem Zettel stand eine 10. »Dann der.« Auf dem nächsten stand eine 9. Und so weiter, bis runter zur 6.

Der Logik von Kitschromanen folgend, war der Tag, an dem eine 1 im Briefkasten steckte, Lemanskis letzter Tag auf diesem Erdenrund.

»Sogar per Fax meldet der sich. Sehen Sie, das kam gestern.« Er hielt einen Faxabriß hoch, auf dem eine 5 stand.

Wolli legte den Kopf schräg. »Aufgegeben an der Hauptpost.«

»Und ein schwarzer Wagen, so n Japaner, ist mir schon ein paarmal gefolgt.«

Ein Hauch Kanalisation ließ ihn zurückweichen. »Okay. Ich nehme mir den Jungen mal vor. Möglicherweise ist das einer aus Ihrem beruflichen Umfeld. Was machen Sie denn so?«

Wäre Lemanskis Miene zu Geräuschen fähig gewesen, hätte man jetzt eine Stahlrollade runterfallen hören. »Sehen Sie zu, daß Sie den Kerl kriegen. Alles andere ist egal.«

Das war dann wohl das Schlußwort. Er gab dem Stinker eine Quittung über den Vorschuß, jedoch keine Erfolgsgarantie, und machte, daß er rauskam.

Auf der Straße holte er erst mal tief Luft. Woran es auch lag, ihm war plötzlich nach einem schönen Becher Odol.

Nach dem fünften Starten bekam er die Kiste endlich zum Laufen und ließ den Motor ein bißchen aufdrehen. Der Ascona heulte schauerlich, knallte noch mal lässig, bockte dann und soff ab.

******

»Oder was ich auch gern esse, sind Schnibbelbohnen in ausgelassenem Speck.«

»Mit Frühkartoffeln. Die könnte ich auch mit Schale essen.«

»Ist eh gesünder.« Er strich sich genießerisch durch den Bart. »Dazu paßt auch gut Quark. Bißchen frische Petersilie druntergemischt ... Hhmm ...« Vorsichtig blies er auf den Löffel und schob ihn in den Mund. »Wunderbar.«

Von nebenan drang ein scharfes Zischen, dann ein »Iihh!«

Benno warf einen Blick durch die offene Tür. Mit untergeschlagenen Beinen hockte Chris an ihrem Schreibtisch. In der einen Hand eine Sprühdose, in der anderen einen Mauser-K50. Ein Schulterholster sowie sechs einzelne Patronen lagen auf der Tischplatte. »Ich hasse Pistolen.«

»Das ist ein Revolver.«

»Dann hasse ich auch Revolver. Ich würde sowieso nicht schießen.«

Ehe Benno beipflichtend seine Meinung über die Sinnlosigkeit von Waffen allgemein und Schußwaffen im besonderen loswerden konnte, polterte was auf der Treppe.

»Wieso stinkt das hier nach Waffenöl?« bellte Wolli beim Reinkommen.

»Wieso stinkt das hier nach Waffenöl?« äffte Chris ihn nach. »Weil es deine Idee war, daß ich mit diesem Kriegsgerät rumlaufe. Und weil Benno meint, ich müßte mal den Modder aus der Kanone spülen.«

»Alles nur zu deiner Sicherheit, Mutziputzi«, sagte Schröder, griff sich das Telefonbuch, kam in die Küche und schnüffelte am Topf. »Riecht saustark, Dicker. Können wir bald essen? Also, da haben wir uns vielleicht einen an Land gezogen.«

Während Benno den Tisch in der neuen Eßecke deckte, erging Schröder sich zotig über Lemanski und seine schwarze Gestalt über den Dächern von Essen. »Erst dachte ich, der Typ hat ne Delle im Blech.«

»Und? Hat er?«

Wie nebenbei, während er das Telefonbuch durchblätterte, legte Schröder drei Tausender auf den Tisch. »Das hat er jedenfalls. Und jede Menge mehr davon. La ... Li ... Lo ... Zu weit. Li ... Lem ... Lemanski, Horst, Automobile. Ja, wie denn das? fragen wir uns. Ja, wie denn das?«

Benno sah auf. »Stimmt was nicht?«

»Hier steht nur die Adresse, wo ich war. Aber da gibt's gar keinen Autohandel.« Er grübelte ein paar Sekunden, schien nicht ganz bei der Sache zu sein. »Ach, Chris ...?«

»Ja?«

»Wo wir gerade beim Thema sind ...«

Nebenan tat Christiane plötzlich enorm beschäftigt.

»Wieviel haben wir eigentlich auf dem Konto?«

»Warum willst du das wissen?«

»Ach, nur so. Allgemein.«

Polternd wischte Christiane Waffe, Holster und Munition in ihre Schublade und tippte auf Asbach ein. Es ratterte und blinkte.

Neugierig schlenderte Benno hinter Schröder her ins Büro. Jeder Hirngeschädigte hätte geschnallt, daß jetzt was Großes kam.

»Auf dem Firmenkonto sind knappe zweitausend.«

»Nee, ich meine, auf dem von Oma Lene.«

Langsam, mit tiefem Ernst, hob Chris ihr Gesicht und sah ihn wortlos an.

Schröder druckste. »Sag doch mal.«

»Vierunddreißigtausend.«

Schröder pfiff anerkennend.

»Da geht aber noch die Rechnung für die Nachtspeicher-Heizung runter.«

»Und für die Deckenplatten«, erinnerte Benno.

»Von wegen. Ich brauch ein neues Auto.«

»Tja.« Chris überlegte kurz. »Hannes hat doch ...«

»Nix Hannes.«

Chris blinzelte ungläubig. »Du meinst, du willst einen richtigen Gebrauchtwagen?«

»Grundgütiger!« entfuhr es Benno. Ihm dämmerte, daß gerade mit einer alten Tradition gebrochen wurde.

****

Da war das Schwein. War er nicht ein Schwein, wie er aus dem Hausflur trat und ängstlich nach allen Seiten schnüffelte? Nur daß Schweine klüger waren als er und möglicherweise sauberer. Die Vorstellung, daß er ... Es machte keinen Sinn, sich solche Dinge vorzustellen.

Immer noch schien Lemanski zu zögern. Dann ging er am Haus vorbei zu den Garagen.

Die Gestalt, die am Vorabend auf dem Dach gestanden hatte, beugte sich vor und drehte den Zündschlüssel. Der Motor des Civic sprang leise brummend an. Kupplung, erster Gang, Kupplung, zweiter. Der Wagen rollte langsam die Straße hinunter. Hinter ihm her. Auf ihn zu.

Lemanski hörte das Geräusch, drehte sich um, blieb einen Moment wie erstarrt stehen. Seine Hand tastete automatisch zur Hauswand. Jetzt versuchte er hektisch, etwas durch die getönten Scheiben des Civic zu erkennen, der nun auf seiner Höhe war.

Ein leichter Druck auf die Bremse. Der Wagen stand. Stand, leise vibrierend im Leerlauf, neben ihm.

»Was ...?« Seine Stimme krächzte trocken. »Was soll der Scheiß?«

Fünf Sekunden, sechs, sieben. Bewegungslos stand er da, abwartend, ohne sich zu rühren.

Der 16-Ventil-Motor schnurrte leise.

Dann hielt er es nicht mehr aus. »Bist du bescheuert oder was?«

Das Pfeifen des Ängstlichen im dunklen Keller.

Mit einmal kam Bewegung in ihn. Er griff zur Tür, wollte sie aufziehen, zerrte an ihr, mit aller Kraft.

Die Wagen schaukelte.

Kupplung, erster Gang, Gas, Kupplung. Kreischend drehten die Reifen auf dem Asphalt durch, als der Wagen nach vorn schoß. Lemanski wurde herumgeschleudert, fiel beinahe der Länge nach hin, fing sich im letzten Augenblick und taumelte mit dem Rücken gegen die Hauswand.

»Ein paar Tage hast du noch, Lemanski. Dann holt dich der Teufel.«

Im Rückspiegel wurde er schnell kleiner.

****

Der Verkäufer hatte die Anmut einer Kanalratte und machte den Eindruck, als würde er auch seine Seele mit vier Prozent Nachlaß verkaufen. Chris wunderte sich, daß er beim Laufen nicht auf seiner Schleimspur ausrutschte. Aber wer kriecht, kann ja bekanntlich nicht stolpern.

»Was haben Sie sich denn vorgestellt?«

»Davon will ich mal nicht reden«, meinte Schröder.

Prüfend trat Benno gegen den Vorderreifen eines Audi, der prompt ins Wackeln kam, und fing sich ein angestrengt nervöses Lächeln des rührigen Akquisiteurs ein.

»Ein wundervoller Wagen, nicht wahr?« Der Typ hing offensichtlich an seiner Umsatzkurve wie die Oma am Melissengeist.

Langsam ging Schröder an den Reihen der abgestellten Wagen entlang, passierte einen 3er BMW, zögerte einen Moment zu lang, schlenderte betont arglos weiter und kam zurück. Wie zufällig legte er seine Hand auf die Motorhaube des Bayernmobils. »Tja ...«

Der Verkäufer grinste hündisch.

»Eh eh«, schüttelte Christiane den Kopf.

Schröder atmete tief ein, hielt sich aber tapfer und faßte einen schneeweißen Mazda Sportwagen ins Auge.

»Da passen wir nicht mit drei Mann rein«, sagte Chris.

»Frau Ullmann.« Irgendwie klang Wolli biestig. »Warum trinken Sie da vorne an der Bude nicht ne schöne Tasse Kaffee und überlassen das hier uns Männern?«

Soviel Macho-Gehabe schrie geradezu nach Bestrafung. »Weil du ohne mich keinen Scheck ausstellen kannst.« Hatte sie zur Bedingung gemacht, damit Oma Lenes Konto nicht in Null Komma nix leergeräumt war.

Schröders Zähneknirschen war über den halben Platz zu hören.

Inzwischen brachte Benno einen Passat zum Wippen. »Was kostet der denn mit Stoßdämpfern?«

»Wie wäre es mit diesem?« lenkte der Verkäufer ab und eilte hoffnungsvoll auf einen Pajero zu. »Komfortable Limousine und kerniger Off-Roader in einem.«

»Ich glaube, meine Sekretärin denkt eher an etwas unter fünfhundert Mark, ohne Heizung, aus dritter Hand, mit zweiter Maschine und Getriebeschaden.«

Ausnahmsweise ließ Chris ihm die *Sekretärin* durchgehen. »Der da ist doch schön.«

Suchend sah Schröder sich um. Dabei stand der blaue Vectra direkt neben ihm.

»Ein Schnäppchen«, strahlte der Verkäufer und riß Vorder- und Hintertür in einem auf. »Generalüberholt, zwei Jahre TÜV-frei und erst vierzigtausend runter.«

»Warum nicht gleich nen Panda?« maulte Schröder.

Schon klappten die Türen wieder zu. »Natürlich liegt die Maschine weit unter den Möglichkeiten des BMW. Dazu verfügt der 3er über eine gehobene Innenausstattung, Stereoanlage, Zentralverriegelung, Schiebedach ...«

»Lassen Sie man.« Schröder guckte traurig.

»Mensch, Wolli.« Sie legte den Arm um ihn, spürte sein Widerstreben. »Geht doch nicht alles auf einmal.«

Er machte sich frei. »Ist gut. Ich nehm die Gurke.«

»Den Vectra? Meinen Glückwunsch.« Schleimer stieß ein aufgedrehtes Lachen ab. »Er hat Stoffsitze, einen sparsamen Zwei-Liter-Motor und ... eine neue Batterie.« Blitzschnell wurde er ernst und fügte vertraulich hinzu: »Ich selbst bin ja Opel-Freund.«

»Schön«, sagte Chris. »Reden wir über den Preis. Die Zahl auf dem Schild ist ja wohl nur als Vorschlag gedacht. Ach, und den Ascona da drüben müßten Sie in Zahlung nehmen.«

****

Was die Bezeichnung Auto alles bedeuten konnte, wurde einem schlagartig klar, wenn man in Christianes Cherry stieg. Daß die Lenkung erst nach einer Handbreit Spiel reagierte, war noch irgendwie okay. Und auch an die Schaltung konnte man sich gewöhnen, sobald man rausgekriegt hatte, daß es einen ersten Gang anscheinend nicht gab und dafür der vierte beim Gasgeben raussprang. Aber der Krach, den die Mühle machte, und die Beschleunigung ...

»Ein Auto für die Zone dreißig.«

Während Wolli versuchte, die Karre einigermaßen gerade auf der Straße zu halten, korrigierte er die Frequenz am Funkgerät neben sich.

»Chef an Zentrale. Zentrale bitte kommen.«

Es rauschte. Dann schrillte es ohne Vorwarnung.

Panisch verriß Schröder das Steuer; der Cherry brach hinten aus, blockierte vorn und schlitterte quer auf eine Bushaltestelle zu. Schröder sah noch, wie ein Rentner seine Aldi- Tüte ans Herz drückte, lenkte gegen, worauf die Kiste haarscharf den Papierkorb verfehlte und kreischend zurück auf die Fahrbahn rutschte. Hinter ihm brach ein höllisches Hupkonzert los.

»Ist ja gut, ist ja gut.«

Ein Faustschlag beendete das Schrillen.

Wie hatte Chris noch gesagt? Nimm niemals die Hände vom Lenkrad. Niemals.

Es knackste, dann kam Bennos Stimme über den Äther wie eine Live-Übertragung vom Saturn. »Was willst du?«

»Nur meine Standortveränderung durchgeben. Ich bin jetzt auf dem Weg nach Heßler.«

»Mein Gott, Schröder. Aus genau diesem Grund bist du ja wohl losgefahren.«

»Ich dachte nur ...«

»Daß wir jetzt Funk haben, bedeutet nicht, du sollst dich alle fünfzig Meter melden. Im übrigen saß ich gerade auf dem Klo.«

»Oh. Ende und aus.«

Nach einer halbstündigen Zitterpartie bog er schweißnaß und die Adern prallvoll mit Adrenalin in Lemanskis Straße ein. Wie er den Weg ohne nennenswerte Sachschäden geschafft hatte, gab mühelos Stoff für mehrere Folgen *Wort zum Sonntag* her.

Er fuhr – wenn man das partout so nennen wollte – einmal um den Block, fand die Einfahrt zu einem verwilderten Grundstück und parkte das Technikwunder aus Nippon mit Blick auf den Betonklotz.

Das war's dann erst mal.

Es wurde acht.

Es wurde neun.

Es wurde dunkel.

Ein Betrunkener wankte über die Straße, stützte sich mit einer Hand am Laternenpfahl ab und ließ sich den Abend noch mal durch den Kopf gehen. Soweit Wolli das erkennen konnte, hatte sein Abendessen aus Gyros-Pita, Bauernsalat und vierzig Pils bestanden. Ein zweiter Betrunkener erschien, der fluchend darauf ausrutschte. Danach ein verfilzter Köter, der sich die verwertbaren Brocken rausschnappte.

Ein Batman im flatternden Jogginganzug tauchte nicht auf. Weder auf der Straße noch auf dem Betonklotz.

Gegen zehn fing der Moderator auf WDR 2 an, mit Kirchenkunst in Mecklenburg-Vorpommern zu nerven, und Schröder gönnte sich ein paar Minuten Haindling. »Leit hoit's z'amm.«

Nur so, um sich die Beine zu vertreten, stieg er aus, überquerte die Straße und zwängte sich durch den Bauzaun. Das Licht war noch so gut, daß er im Innern eine Treppe ohne Geländer erkennen konnte. Also stieg er hoch bis in den obersten Stock und lauschte. Irgendwo tröpfelte es, kalt strich der Wind um die Mauern. Eine schwarze Gestalt war nicht zu sehen. Ging ja auch schlecht im Dustern.

»Legen Sie die Hände an den Hinterkopf und kommen Sie langsam heraus«, sagte Wolli.

Nichts tat sich.

»Hätte ja sein können, daß er drauf reinfällt.« Er setzte den Fuß auf die Treppe zum Dach, als oben etwas über den Beton rauschte. Aha! Vorsichtig, nach allen Seiten deckend, huschte er über die Stufen nach oben, sah noch die Bewegung, wollte sich ducken ...! Zu spät!

Knallend flog ihm die Titelseite einer ›WAZ‹ ins Gesicht.

Scheißwind. Für manche Menschen hielt das Leben wirklich ungemein demütigende Situationen bereit.

****

Wieder ragte das Skelett des Baukrans in den Himmel. Wieder bellte ein Hund. Wieder schrie sich dieses abnervende Käuzchen den Hals rauh.

Irgendwas hatte Chris vergessen. Sie wußte nur nicht, was. Bügeleisen nicht abgestellt? Alle Herdplatten auf drei? Nee, nee. Was anderes.

Etwas brummte. Dann fuhr etwas auf den Platz. Ohne die Scheinwerfer anzumachen.

»Aha«, sagte Benno leise.

Wie ein Äffchen hockte Chris hinter der Windschutzscheibe und spinste atemlos in die Nacht. Nach und nach erkannte sie erst einen Kleinlaster, dann zwei Schatten, die ausstiegen. Ein dritter verschwand in der Dunkelheit.

»Ruf die Bullen. Ich kümmere mich um die Typen.«

»All ... alles klar«, krächzte sie und stieg leise aus. Aus den Augenwinkeln sah sie Benno losstapfen und schlug sich in den Schatten. Bis zur Straße waren es keine hundert Meter, und direkt neben der Einfahrt stand eine Telefonzelle. Chris hätte nie geglaubt, wie weit hundert Meter sein können. Die nächste Anschaffung war mit Sicherheit ein Handy. Sie hielt sich im Dunkeln, lief um die Bauwagen herum und ... »Ha!« ... stand direkt vor ihm.

Der dritte Kerl!

Automatisch sprang sie zur Seite, riß ihren stupsnasigen Todbringer aus dem Holster und wußte im selben Moment, was sie vergessen hatte. Die Patronen. O scheiß o Scheiß o Scheiß!

Eine Sekunde zögerte ihr Gegenüber, dann kam schnelle Bewegung in ihn.

Jetzt half nur noch Frechheit.

»Stehenbleiben.« Breitbeinig, die Waffenhand mit der Linken am Gelenk abgestützt, ging sie in Grundstellung. Sah bestimmt gut aus.

Der Typ stemmte die Hacken in den Sand.

»Noch ein Schritt, und du hast ein Problem. Und zwar ziemlich genau unter deiner linken Brustwarze.« Ihre Stimme klang heiser. Sie fand, es paßte gut.

»Nicht schießen, bitte.« Er riß die Hände in die Nachtluft und sah aus, als würde er sich gleich warm in die Hose machen.

Wow! Zweitausend Jahre Patriarchat, davon acht als Schröders Angestellte, wurden wettgemacht.

»Da rüber.« Sie winkte mit dem Lauf. Machte ja richtig Laune.

»Ich habe zwei Kinder und . . .«

»Schnauze!« Na ja, das war vielleicht ein bißchen übertrieben.

Rückwärts, den Blick starr auf den Revolverlauf, stolperte er vor ihr auf den Platz.

Inzwischen hatten es die Umstände erforderlich gemacht, daß Benno körperlich tätig wurde.

Abwechselnd griffen ihn die beiden anderen Gangster von links und rechts an. Doch irgendwie schien Herr Korn es nicht recht ernst zu nehmen.

»Schön gemacht«, schnaufte der Dicke. »Hart ran, fair weiter.« Seine Hand patschte dem einen in den Nacken, daß er nach vorn taumelte. »Nein! Kein Foul. Hat den Ball gespielt. Und der Unparteiische läßt Vorteil gelten.« Damit stieß er dem zweiten die flache Hand ins Gesicht. »Unsicherheiten im Abwehrverhalten werden gnadenlos bestraft.« Schon hing ihm der andere wieder an der Wäsche. »Trotz eingeengter Spielräume suchen sie den Zweikampf, aber bisher haben wir keine ausgeglichenen Ballkontakte gesehen.« Ein Stups, und der Typ torkelte zurück. »Auch im Strafraum ist Körpereinsatz erlaubt. Ja, was ist das? Von hinten in die Beine!« Benno stolperte, fing sich wieder und gab seinem Angreifer eine schallende Ohrfeige. »Doch als zentraler Defensiv-Mittelfeldspieler trennt Korn seinen Gegner sauber vom Ball.« Inzwischen ging der erste mit Fäusten auf ihn los. »Ein erneuter Angriff über die rechte Seite. Das wird gefährlich! Das wird gefährlich!!!« Er wich aus, daß der Kerl ins Leere rannte und sich erst nach ein paar Metern wieder fing. »Natürlich wollen sie das Ergebnis mit nach Hause nehmen. Aber die Luft ist raus.« Er packte den Übriggebliebenen und warf ihn seinem Kumpel entgegen. »Insgesamt, kann man sagen, eine interessante Begegnung. Spielerisch stark und ballsicher das voll motivierte Team vom Birkenhof 09. Und in diesem Augenblick deutet der Unparteiische auf die Uhr.« Ohne hinzusehen, griff er sich Christianes Opfer und warf es hinterher. »Und abgepfiffen.«

Die Herren Baustellenräuber hatten offensichtliche Schwierigkeiten, sich zu entknoten.

»Wir geben hinunter auf den Rasen, wo Christiane Töpperwien versuchen wird, den Teamchef vors Mikrofon zu bekommen.«

Chris hielt ihm den Revolvergriff vor die Nase. »Franz, ich hatte den Eindruck, daß Ihre Mannschaft in der ersten Halbzeit über weite Strecken nicht aus der Deckung gekommen ist und sich doch sehr am Mittelfeld orientiert hat.«

»Ja gut«, sagte Benno. »Wir wußten, daß wir es mit einer spielerisch starken Mannschaft zu tun hatten, und mußten uns erst Freiräume suchen.« Seine Augen gingen nach links, wo sich einer der Gangster auf Zehenspitzen vom Platz drücken wollte.

Der erhaschte Bennos Blick, grinste täppisch und schlich mit hängenden Schultern zurück.

»Ich würde sagen, daß wir verdient gewonnen haben.«

»Ich danke Ihnen für das Gespräch und gebe vom Stadion am Ruhrschnellweg zurück ins Funkhaus.«

Den dreien stand der Mund offen. Nacheinander sahen sie Benno, dann Chris, dann sich selbst an.

»Genug gealbert. Auf geht's.« Benno zog eine Rolle Klebeband aus der Jacke. »Trikots werden heute nicht getauscht.«

»Wer . . . sind Sie überhaupt?« fragte einer leise.

»Die Fragen stellen wir.« Damit schubste er sie wie Schulkinder vor sich her zu einer Kreissäge. »Und die Hände hier drauf.«

Sie legten gehorsam die Hände auf das Sägeblatt.

Mit ein paar Metern Tesaband verschnürte er kreuzweise ihre Handgelenke am Einschalthebel. »Und nicht bewegen, sonst geht's mittendurch.«

Drei Kehlen schluckten synchron.

»Ich geh dann mal zur Telefonzelle«, sagte Chris.

»Äh . . . Fräulein.« Einer der Gangster hüstelte zaghaft. »Das . . . is en Kartentelefon.«

»Eh, gut.« Chris drehte sich zu Benno. »Die Jungs wachsen mir langsam ans Herz.«

****

Um zehn gab's Frühstück. Für ihn bereits das zweite. Trotzdem schlug Benno ein paar Eier mehr in die Pfanne und schnitt reichlich Schinken dazu. »Auf vollem Bauch steht ein fröhlich Haupt.« Heute morgen nach dem Baden hatte er sich gewogen. »Ich habe zweihundert Gramm abgenommen.«

»Daher die eingefallenen Backen.« Chris löffelte Kaffeepulver in den Filter. »Und ich dachte, du hättest dir den Bart gestutzt.«

Eine Flasche Sekt unter dem Arm, kam Schröder die Treppe raufgehetzt. »Champagner hatten sie bei Co-op nicht.« Und bremste. »Ja, lüg ich denn?«

Benno schaute zu Chris.

Chris ließ nur die Schultern zucken.

Sie sah heute aber auch wirklich schnuckelig aus. Die Haare frisch gestachelt, bißchen Make-up um die Augen, schaukelnde Ohrringe und das Ganze im Minirock.

Schröders Atemluft wurde sichtlich knapp. »Kleines! Du wirst ja langsam zur Frau.« Ehe sie reagieren konnte, schnappte er nach ihr. »Sorry, aber die Hormone verlangen ihr Recht.«

»Chef!« quietschte Chris. »Chef! Was tun Sie?«

Die Zappelnde halb in Rückenlage gekippt, bedeckte er ihren Hals mit feurigen Schmatzern.

»Oohh ...« Christiane ließ ihren Kopf in den Nacken fallen, dann sank sie mit verdrehten Augen in seinen Arm. »Oohh, Chef ...«

»Du machen mich verrrrrrückt«, schnarrte Schröder und drückte ihr einen auf.

Gurrend, mit gespreizten Fingern, strich Chris ihm über den Hinterkopf. »So muß ein Mann schmecken«, hauchte sie.

»Nicht daß ich stören will«, sagte Benno. »Aber der Kaffee ist gleich durch.«

»Ah ja.« Frau Ullmann kam in die Vertikale zurück, nahm Schröders Hände von ihrer Taille und legte sie auf den Schreibtisch.

Hurtig machte Wolli an der Sektflasche rum. »Ich bin recht stolz auf euch.« Lässig wie ein Formel-1-Champion ließ er den Korken an die Luft. »Besonders, weil ihr es ohne mich geschafft habt. Ja, was ist, Dicker? Stell mal die Gußeiserne weg.«

»Auf nüchternen Magen?«

»Euer Einsatz gestern nacht bringt uns fünf Riesen an Erfolgsprämie. O Mann!« Wolli schüttelte den Kopf. »Ich hätte doch den BMW nehmen sollen.« Er goß ein. »Auf das beste Team im Ruhrgebiet.«

Chris hob ihr Glas und strahlte. »Männer wie wir!«

Es hatte schon was, wie sie so in der neuen Wohnküche standen und anstießen. Noch vor zwei Jahren hatte Schröder den Laden dichtmachen wollen. Und jetzt? Lief doch gut an.

»Und das waren gar keine Professionellen?«

»Ach was«, sagte Benno. Er stellte sein Glas ab und schaufelte Rührei auf die Teller. »Familienväter waren das, mit Ehefrau, hungrigen Brüllwürfeln und nem angezahlten Reihenhäuschen. Noch bevor die Dachstühle drauf waren, hat ihr Bauträger pleite gemacht. Was tun? sprach Lenin. Die Schulden im Nacken, hat man sich also vom Schwager den Laster geliehen und sich preiswert für die nötigen Restarbeiten eingedeckt.«

Wolli seufzte. »Ich hätte es gern mal wieder mit richtigen Kriminellen zu tun.«

Chris machte beide Fenster auf, legte die Hände an den Mund und rief ein lautes »Es ist Sommer!« auf die Steeler Straße. Prompt setzten unten radierende Reifengeräusche ein. »Oh.«

Endlich saß alles am Tisch und frühstückte. Das heißt, Schröder saute mit Nutella rum und trank Sekt dazu. In der Dachrinne tschilpte ein fetter Spatz, die Sonne schien warm herein, und im Radio wimmerte sich ein Ex-Friedens-Barde was von einer Zigeunerin zusammen. Worauf ihn brutal die Pampers-Werbung unterbrach.

»Herbert«, maulte Chris. »Jessi muß mal.«

»Was ist eigentlich mit ...?« Schröder schluckte, wurde urplötzlich ganz starr und zeigte auf ihren Platz. »Nein!«

»Och, Wolli ...«

»Nein!«

Achselzuckend nahm Chris ihren Erdbeer-Milchreis vom Tisch, stand auf und stellte ihn zurück in den Kühlschrank.

»... mit dem Droh-Fax, wollte ich fragen.«

»An der Hauptpost kann sich kein Schaltermensch mehr dran erinnern.«

Eine Radiostimme giggelte glücklich, weil sie endlich die Slip-Einlage ihres Vertrauens gefunden hatte, mit der sie sich den ganzen Tag rundum gepflegt fühlte.

»Es hilft nichts«, sagte Benno und lud sich eine zweite Portion Ei auf den Teller. »Wenn du das Phantom von Heßler schnappen willst, mußt du dich ein paar Nächte auf die Lauer legen.«

»Ich hör immer Schröder«, sagte Wolli. »Die nächste Schicht gehört dir, Dicker. Ich muß mich erst mal um den Köter kümmern. Bringt schließlich auch Kohle.«

Indes erinnerte man sich im Radio an die blutige Epoche vor Einführung der Always-Ultra.

Schröder schluckte käsig. »Ja, lüg ich denn?« Sprang vom Stuhl und schlug auf die Stopptaste ein.

****

Sie fuhren nach Stoppenberg, wo Verena vor kurzem eine luftige Terrassenwohnung bezogen hatte. Nur Gottvater wußte, wie sie das bezahlen konnte.

»Na, wie schon? Von meiner Knete.« Schröder hatte schon wieder den Hals rot, als er klingelte.

Von innen kam hörbar was gerannt, knallte gegen die Tür und jaulte herzzerreißend.

»Der ist so blöd, der Köter«, sagte Schröder und hob trittbereit einen Fuß.

»Wolli, reiß dich zusammen.«

»Oh, Lord Pips«, kam Verenas Stimme aus der Wohnung. Als sie öffnete, taumelte der Yorkshire-Terrier immer noch benommen im Kreis.

»Und so was darf sich fortpflanzen.« Wolli stieß ihn mit der Schuhspitze an, worauf Lord Pips ihn giftig ankläffte. »Nimm ihm die Schleife vom Kopf, sonst meint die Hündin, sie soll es mit ner Lesbe treiben.«

Chris hob ihn vom Boden. »Hör nicht auf den Neider.«

»Ich habe ihm etwas Kraftfutter eingepackt«, sagte Verena und reichte ihrem Ex-Gatten einen Beutel. »Für ...«, sie senkte den Blick, »... danach.«

Wolfgang Schröder gelang ein absolut schmieriges Grinsen.

Während der Fahrt saß der Hund leise fiepend und manierlich auf der Rückbank des Cherry. »Du bist negativ gegen ihn eingestellt, Wolli. Das merkt er natürlich und macht dir deshalb immer den Wagen voll.«

»Ich könnte auch jedesmal kotzen, wenn ich ihn sehe. Aber ich beherrsch mich wenigstens.«

Der Züchter namens Mencke hatte sein Domizil an der Stadtgrenze zu Mülheim. Ein flaches Haus mit mehreren Anbauten auf der Rückseite. Aus Dutzenden von Käfigen bellte, kläffte und schwanzwedelte es.

Mencke ließ eine Yorkshire-Hündin heraus und trug sie in einen Schuppen, wo er sie auf den Tisch setzte. Dann nahm er Chris den Hund ab und setzte ihn daneben. »Versuchen wir es erst mal ohne Rotlicht und leise Musik«, lachte er.

Chris lachte höflich mit.

Schröder lachte nicht, sondern verschränkte die Arme vor der Brust.

Lord Pips stand da und zitterte wie eine angeschlagene Stimmgabel.

Offensichtlich war die Hundedame mehr interessiert. Leise fiepend stupste sie ihn mit der Nase. Worauf Lord Pips panisch bis an den Tischrand sprang.

»Ja, los. Rauf auf die Mutti«, sagte Schröder.

»Er muß sich erst mal akklimatisieren.« Mencke steckte sich eine Zigarette an. »Das kann etwas dauern.«

»So viel Zeit hab ich aber nicht.« Wolli schnappte sich den Terrier und setzte ihn hinten auf die Hündin. »Nu, hau rein. Mach ihr den Hengst.«

Lord Pips kläffte strampelnd, ruderte wie wild mit den Beinen, rutschte von der Dame, war mit einem Satz vom Tisch und raste mit kratzenden Krallen übers Linoleum.

Chris legte eine Hand vor die Augen.

»Vielleicht sollten wir ihn stimulieren.« Schon pflückte Schröder ihm suchend das Bauchfell auseinander.

»Wolfgang!« zischte Chris.

»Haben Sie denn nichts Anregendes da?« Wolli sah sich um. »Keine Hefte von nackten Hunde-Frauen?«

Mencke lachte. »Lassen Sie ihn erst mal hier. Sie machen ihn nur nervös.«

»Sehen Sie zu, daß er die Töle schwängert. Ich bin dran beteiligt.«

Chris war heilfroh, als sie wieder auf der Straße standen. »Ich hab mich so geschämt, Wolfgang.«

Wolfgang guckte erstaunt. »Was du immer hast.«

Auf dem schnellsten Weg fuhr sie ihn zum Autohandel. Beim Bremsen machte der Cherry wieder diese Geräusche.

»Ich hör nix«, sagte Schröder durch das Gerappel.

Chris klappte die Motorhaube auf und ruckelte aus dem Wirrwarr blankgewetzter Kabel und leise zischender Schläuche den Ölstab heraus. Nicht mal die unterste Kerbe war feucht. Sie schob Schröder, der das mit betont arglosem Gesichtsausdruck verfolgte, zur Seite, stapfte zum Kofferraum und nahm eine neue Dose Öl aus der Palette. Die dritte in dieser Woche. »BMW!«

»Ich hab ihn ja nicht genommen.« Wolli brachte die Glasscheibe der Bürobaracke zum Zittern. »Ist mein Auto fertig?«

Der Verkäufer fuhr herum, lachte schrill und klimperte ihm mit den Fingern zu. »Sofohoort.« Und ernst ins Telefon. »Nein, Herr Dr. Ostwald. Sie müssen sich unsere Verkaufsbedingungen durchlesen. Die Kilometer-Garantie bezog sich auf beide Vordersitze. Nicht auf den Motor.« Sein Blick erfaßte den pröttelnden Cherry. Hastig deckte er die Sprechmuschel ab. »Den nehme ich aber nicht auch noch in Zahlung.«

******

Während Schröder testhalber den Vectra auf der Höhe von *Müllers Mühle* durch eine Rechtskurve der A 42 jagte, kratzte Benno sich ausgiebig den Bart. Hatte Lemanski nicht was von einem schwarzen Japaner erwähnt? Hatte er. Und hielt da nicht gerade ein schwarzer Honda Civic schräg gegenüber von Lemanskis Behausung? Er hielt.

Hielt, blieb stehen und stand da.

»Tja . . .«

Normal wäre es gewesen, wenn jetzt jemand ausgestiegen wäre. Es stieg aber niemand aus.

Benno verdrehte sich ächzend nach hinten. Nach längerem Suchen stieß seine Hand ins Unaufgeräumte und bekam ein Fernglas zu fassen. Die Aktion war nicht von Erfolg gekrönt. Durch die getönten Scheiben des Flitzers war lediglich ein Umriß zu erkennen. Mit etwas Phantasie hätte das auch der Schäferhund von Bauer Braumüller sein können. Also warten.

An und für sich wartete Benno ganz gern. Seiner Meinung nach war das die angenehmste Art, Geld zu verdienen.

Bei Lemanski bewegte sich die Gardine.

Der Civic stand immer noch reglos da.

Plötzliches Kindergeplärre.

Auf einem welken Rasenstück wankte ein Klettergerüst unter dem Toben der Kurzen. Im Schatten verteilt schnatternde junge Frauen. Durchweg um die Zwanzig, rauchend, mit gesträhnter Frisur und in platzengen weißen Leggins.

»Kevin! Willze wohl aufhörn, die Chantall zu treten!«

Augenblicklich hörten drei Jungs mit Treten auf.

»Tja . . .« Als hätte es Brecht nie gegeben.

Der Civic stand, wie er stand.

Die Pfeife zwischen den Zähnen, stieg Benno aus und schlenderte an dem Wagen vorbei. Leider wandte sich der Umriß genau in diesem Moment zur Seite. Zufall?

In Fahrtrichtung lag eine Bude. Er schritt wacker aus und drückte auf die Klingel, unter der ein Schildchen mit der Aufschrift *Klingel* klebte.

Ratternd wurde die Glasscheibe aufgeschoben, eine mopsige Frau stemmte ein paar rote Hände auf den Tresen. »Und?«

»Ein Päckchen Streichhölzer.« Wenn er gedacht hatte, er könnte durch die Frontscheibe in das Auto sehen, unterlag er gerade einem Irrtum. Beide Sonnenblenden waren heruntergeklappt und gaben nur schmale Schultern frei.

»Ein Päckchen Streichhölzer?«

Gemütlich drehte Benno sich um.

Das herzige Schinkenröllchen hatte den Kopf schräg gelegt und musterte ihn kampflustig. Ihre glitzernden Äuglein erzählten von langen Nächten in unmittelbarer Nähe einer geöffneten Flasche. »Und dafür steh ich auf?«

»Auch wieder wahr«, sagte Benno. »Geben Sie gleich zwei. Haben Sie welche mit Vogelbildern drauf?«

Er konnte gerade noch seine Fingerkuppen in Sicherheit bringen, so heftig flog die Glasscheibe zu. Also, irgendwie war dem Einzelhandel ein gewisses merkantiles Gespür abhanden gekommen.

In diesem Augenblick wurde der Civic gestartet.

Ohne Eile spazierte Benno zurück, stieg ein und wartete, bis der kleine Schwarze an ihm vorbei war. Das Kennzeichen lautete F-HD 671.

Da keinerlei riskante Überholmanöver angesagt waren, behielt er ihn ohne Schwierigkeiten im Auge. Der zähe Nachmittagsverkehr tat das übrige.

Nach zwanzig Minuten Fahrt hielt der Japaner auf dem Seitenstreifen vor einem Hotel *Rosa* in Schonnebeck. Und diesmal stieg der Typ auch aus. Er trug eine schwarze Lederjacke, enganliegende Jeans und eine Sonnenbrille. Als er sie abnahm und die kurzen Schwarzhaare nach hinten strich, erkannte Benno, daß er mindestens BH-Größe 8 hatte.

»Eine Phantomin also.«

Sie schloß den Wagen ab und verschwand in der Pension.

Benno wartete zwei Minuten, ehe er ihr folgte.

Was man in einem Hotel Halle nennt, wartete hierorts mit

einem Albtraum aus Steintapete, Kunstmarmor und DC-fix in Eichendekor auf. Im Nebenraum talkte sich unerbittlich gutgelaunt Hans Meiser durch den Spätnachmittag.

Benno hüstelte in die Faust.

Worauf ein Mann herübergeschlurft kam. »Ein Zimmer?«

»Lieber nicht.« Benno beschloß, nicht noch mehr seiner Lebenszeit zu verschwenden. »Ich möchte wissen, wer die junge Frau mit dem Civic ist.«

»Wieson das?«

»Ich will es einfach wissen«, sagte Benno, porkelte einen Blauen aus der Jacke und knubbelte ihn auf die Theke. »Ich hab manchmal so Tage.«

Der Typ sah den Schein an, dann ihn. »Polizei?«

»Hören Sie«, sagte Benno. »Ich beleidige Sie schließlich auch nicht.« Und zeigte fragend auf das Gästebuch.

»Zimmer 14.« Weg war der Schein.

Benno blätterte das Handgeschriebene durch und wurde fündig. Die Eintragung war so gestochen scharf, wie man es sich schöner nicht wünschen konnte. Brigitte Mechtel, Baumberger Weg 12, Düsseldorf.

****

»Keine Ahnung, wo Schröder steckt. Wahrscheinlich hockt er in den *Hubertusstuben* und gibt mit seinem Auto an. Soll ich dich ablösen?«

»Ist lieb von dir, Chris. Aber ich hab heute abend eh nichts Besonderes vor.« Benno hörte die letzten Groschen durchfallen. »Du, ich muß Schluß machen.«

»Dann laß ich mal gleich die Drähte heißlaufen. Sag mal, findest du nicht auch, daß diese Mechtel sich verdammt sorglos benimmt? Ich meine . . .« Den Rest hackte die Telekom weg.

Benno hängte ein und drückte sich aus der Telefonzelle.

Wurde langsam dunkel. Er ging zurück zum Wagen, den er ein Stück unterhalb der Pension geparkt hatte und sank stöhnend hinein. Doch, ja. Für ein Phantom benahm sich die Mechtel nachgerade dilettantisch. Hatte sie denn keine Angst, daß Lemanski ihr folgte? Ja, würde sie es überhaupt merken, wenn er es tat? Was sollte das?

Wenn Benno etwas nicht ausstehen konnte, dann war es dieses billige Angstmachen. Herumstehen auf Dächern in tintiger Nacht. Vor des Opfers Haus lauern, hinter spiegelverglasten Autofenstern. Und das alles in modischem Designer-Schwarz. War doch albern.

Einen Moment spielte er mit dem Gedanken, einfach ins Hotel zu gehen und sie zu fragen. »Verzeihen Sie, gnädige Frau. Haben Sie heute nacht noch etwas Mysteriöses vor, das meine Anwesenheit in Ihrer Nähe dringend erforderlich macht? Oder könnten Sie mit Spuken vielleicht solange warten, bis ich zwischendurch einen Happen essen war?«

»Essen ...« Er zerdehnte das Wort und schmeckte ihm nach.

Nun, wie auch immer.

Ersatzweise zog er seine alte Bent Army aus dem Hosenbund und begann sie mit einer wohlfeilen Mischung aus Virginia, Perique und Latakia zu füllen. Die nächste Minute gehörte Streichholz und Pfeifenbesteck.

Sein Magen kollerte.

Schmauchend faßte er sodann die andere Straßenseite ins Auge. Ein schludrig gemaltes Schild gab den zweckdienlichen Hinweis auf einen Parkplatz für Gäste hinter dem Haus. Doch der Civic stand immer noch vor dem Eingang. Demnach hatten Madame noch Pläne für den Abend.

Hunger. Butterbrot essen.

Zeit verging.

Dämmerung warf ihren Mantel über die Stadt.

Gegen neun trat die Mechtel aus dem Hotel und stieg in den Japaner. Sie trug immer noch ihren dunklen Dreß.

Benno ließ ihr den branchenüblichen Vorsprung, ehe er gemütlich startete.

Auch jetzt, wo der Verkehr weniger dicht war, konnte er ohne

Schwierigkeiten dranbleiben. Sie fuhr fünfzig, wenn sie fünfzig fahren sollte, und siebzig, wenn die Beschilderung eben dies verlangte. Vielleicht fürchtete sie, einer Polizeistreife aufzufallen, wenn sie allzu schnell fuhr.

Gefülltes Fladenbrot.

Wahrscheinlich kannte sie sich nur nicht besonders aus. Schließlich stammte sie aus des Kurfürsten Jan Wellems Residenz an der Düssel munterer Flut und ...

Wieso hatte er auf einmal den Geschmack von Schnittlauch und frischer Butter im Mund?

Die Mechtel hielt sich nördlich, als wollte sie zurück zu Lemanski. Dabei schlich sie stellenweise, als würde sie einen Parkplatz suchen.

Oder geschichtetes Vollkornbrot. Machte zwar ein bißchen Arbeit, aber das Resultat war ein Fest für sich. Benno schmatzte.

Jetzt bog der Civic nach Westen ab.

Zuerst schnitt man ein Vollkornbrot waagerecht in vier Scheiben. Dazu rührte man eine Creme als Grundlage an und verfeinerte ein Drittel davon mit gehackten Oliven, Paprika, Tomatenmark und Frischkäse.

Was wollte sie denn in Altenessen? Der Blinker wurde nach rechts gesetzt.

In das zweite Drittel kamen Emmentaler, Kurkuma und viel Curry. Und in die letzte Creme rührte man zerdrückte Avocado mit Zitronensaft, Tabasco und Schnittlauch.

Zwanzig Meter vor ihm verließ der schwarze Flitzer die pulsierende Hektik der Durchgangsstraße und bog in eine Wohnstraße mit der seriösen Behaglichkeit alter Walt-Disney-Filme. Außenlaternen beleuchteten penible Rasenflächen. Hecken, wie mit der Wasserwaage gestutzt. Goldwarme Lichter hinter bleiverglasten Fenstern. Und hie und da flimmerndes Fernsehlicht.

Der Örtlichkeit Tribut zollend, ließ Benno den Benz ausrollen und schaltete die Scheinwerfer ab.

Fräulein Brigitte war inzwischen ausgestiegen, öffnete ein niedriges Tor und ging auf eine verdeckt liegende Haustür zu.

So leise, wie es die zwölf Jahre alte und entsprechend knarzende Autotür zuließ, wuchtete Benno sich aus dem Wagen. Im Schatten der Bäume ging er ein Stück die Straße hinunter, bis er sich dem Haus schräg gegenüber befand. Ein hübsches Anwesen mit tief herabgezogenem Dach. Schmiedeeiserne Gitter vor den Fenstern ließen auf eine gewisse Vorsicht des Besitzers schließen. Und der flaschengrüne Jaguar-Sportwagen vor der angebauten Garage auf ein sechsstelliges Jahreseinkommen.

Gegenüber flutete Lichtschein in den Garten. Leider lag die Haustür so weit zurück, daß er nichts sehen konnte.

»Nein«, sagte eine Männerstimme. Dem Klang nach eine ältere. »Nein, auf keinen Fall.«

Dann sagte die Mechtel was.

». . . wenden Sie sich an den.« Der Mann. »Tut mir leid.«

Es rumste durch die Abendstille. Der Lichtschein verschwand. Kurz darauf sausten im Erdgeschoß Rolladen herunter.

Benno machte einen Rückwärtsschritt ins Dunkel.

Langsam trat die Mechtel auf den Bürgersteig. Dann, als sei ihr eine Idee gekommen, drehte sie sich zum Haus zurück und betrachtete es eine Weile. Endlich ging sie zum Wagen und stieg ein.

Benno ließ sie fahren, überquerte die Straße und besah sich den Namen unter dem Klingelknopf. Ottmar Stern.

Er machte, daß er zum Auto kam, und wirklich erwischte er den Civic noch vor der nächsten Kreuzung.

Na ja . . .

Tja, und zu guter Letzt schichtete man die verschiedenen Cremes mit den Brotscheiben, stellte das Ganze ein paar Stunden kühl und schnitt es vor dem Servieren in senkrechte Scheiben. Lecker.

Mußte er unbedingt mal wieder machen.

****

Sie goß etwas Wein ins Glas und stellte es neben das Telefon am Bett. Stern schob also alles auf Lemanski. Das hätte sie sich eigentlich denken können.

»Und Lemanski wird schweigen«, sagte sie leise, während ihr Finger in die Wählscheibe stach. »Vorausgesetzt, er weiß wirklich etwas.« Aber da war sie sicher. So wie der reagierte.

Der Ruf ging durch. Sie sah auf ihre Uhr. Kurz vor zwölf. Sie ließ es klingeln.

Beim siebten Mal meldete sich eine Stimme. »Lemanski.« Anscheinend hatte er schon geschlafen. Gut so.

Sie nahm einen Schluck Wein, wartete.

»Wer ist denn da?«

Ein paar Sekunden hielt sie die Leitung.

»Verdammt noch mal! Wer ist da dran?«

Leise legte sie auf, wartete ein paar Minuten und wählte dieselbe Nummer.

Wieder ließ er es mehrmals klingeln, bis er endlich abnahm. »Was wollt ihr? Wollt ihr mich fertigmachen?«

Sie lächelte.

»Laßt mich endlich in Ruhe!« Und knallte den Hörer auf.

Bald ist er soweit, dachte sie.

Sie stand auf, löschte das Licht und drückte den Vorhang zur Seite. Der Mercedes, in dem der dicke Mann ihr den ganzen Abend gefolgt war, stand nicht mehr auf der Straße. Ob Stern den Schnüffler auf sie angesetzt hatte? Oder Lemanski selbst? Er hatte allen Grund, nervös zu werden.

Automatisch gähnte sie.

Ein paar Stunden schlafen wären jetzt gut gewesen. Doch statt ins Bett zu gehen, öffnete sie den Kleiderschrank und fing an zu packen.

****

»Abgereist!« Schröder riß eine Bierdose auf, trank wütend und knallte sie auf den Schreibtisch, daß es bis in den Ablagekorb spritzte. »Mit unbekanntem Ziel abgereist! Aber das macht die nicht mit mir. Mit mir nicht!«

»Sie ist aber doch weg«, sagte Chris vorsichtig.

»Das weiß ich auch, Frau Ullmann!« bellte Schröder, setzte sich, griff sich die klebrige Bierdose und sprang wieder auf. »Und ich Idiot hock mich im Morgengrauen vor ihr Hotel. Dabei ist sie gar nicht mehr drin.«

Da war aber jemand schwer an der Ehre gepackt.

Wie ein Stier rannte Schröder in die Dunkelkammer, um sich die Hände zu waschen. »Mann! Wer war zuletzt am Waschbecken?«

»Ich«, sagte Benno.

»Kannst du deine Pranken vielleicht so sensibel benutzen, daß man den Hahn auch ohne Rohrzange wieder aufkriegt?«

Nachdenklich sah Benno auf seine Pratzen. »Wir haben vielleicht eine Spur«, sagte er. »Die Kleine ist doch gestern abend zu diesem ...« Er konsultierte einen Kassenbon, auf dem rückseitig was stand. »Zu diesem Stern gefahren. Wenn der die Mechtel kennt ...«

»Vergiß diesen Namen«, sagte Chris. »Unter der Düsseldorfer Adresse gibt es keine Brigitte Mechtel.«

»Und was ist mit dem Civic?«

»Ein Leihwagen aus Frankfurt. Ich konnte allerdings nicht rauskriegen, auf wessen Namen er ausgeliehen wurde.« Chris blätterte ihren Block um. »In Düsseldorf gibt es keine Brigitte Mechtel, die auf unsere paßt. Und in Frankfurt nur zwei. Die eine ist neunundsiebzig, die andere sitzt für die SPD im Europaparlament.«

»Machen wir uns nix vor.« Wolli erschien mit einer frischen Dose Bier im Türrahmen. »Die Maus hat uns gearscht und ist weg.«

Frustriertes Schweigen machte sich breit und breiter. In selbiges hinein mischte sich das Telefonklingeln.

Da keiner von den Jungs Anstalten machte, dranzugehen, hob Chris ab. »Detektivagentur Schröder, internationale Ermittlungen, Beschaffung von Beweismaterial für Zivil- und Strafprozeß, Sicherheits-Analysen, Personenschutz und Transportüberwachungen, guten Tag. Mein Name ist Christiane Ullmann. Was kann ich für Sie tun? Oh, Herr Lemanski.«

Sofort winkte Wolli ab.

»Tut mir leid, Herr Schröder ist momentan aushäusig.«

»Und? Zufrieden mit dem Vectra?« fragte Benno im Hintergrund.

»Na ja ... Die Zündung muß eingestellt werden.«

Das Desinteresse in Person, hängten sich beide ins Fenster und fingen an über Motoren zu reden.

Chris drückte auf den Lautsprecherknopf, daß Lemanski bis auf die andere Straßenseite zu hören war. »Hat der Schröder überhaupt schon was unternommen? Immerhin hab ich ihm dreitausend Vorschuß gezahlt. Was tut der eigentlich für mein Geld? Sagen Sie ihm, ich will sofort Bescheid haben.«

Ohne sich umzudrehen, zeigte Schröder dem Telefon seinen Mittelfinger.

»Ich werde es dem Chef ausr ...«

»Ah!«

Erschreckt fuhr Christianes Kopf zum Fenster.

Mit offenem Mund stand Schröder da und zeigte auf die Straße. In der nächsten Sekunde war er aus dem Zimmer.

»Har har har.« Benno lachte schneidend.

Als Chris neben ihn trat, sah sie gegenüber vor dem Optikerladen einen schwarzen Civic stehen. »Also, das finde ich jetzt gemein von ihr.«

Unten kam Schröder aus dem Haus gehetzt, rannte hakenschlagend zwischen den hupenden Autos über die Straße, auf den Wagen zu. Er hatte die Hand schon am Türgriff, als der Civic gemächlich anfuhr. Chris hätte schwören können, daß selbst das Motorengeräusch hämisch klang. Bis zum Kino lief Schröder hinterher, kam dann ins Stolpern und blieb keuchend mitten auf der Fahrbahn stehen. Ein Hupen und Tuten brach los, wütende Stimmen, rote Köpfe aus Autofenstern.

»Alles, was recht ist«, sagte Benno. »Die Frau hat Humor.«

Selten hatte Wolli ihm so leid getan.

******

Süß, diese Detektive. Besonders dieser Wolfgang Schröder.

Sie sah in den Rückspiegel und mußte unwillkürlich grinsen, wie er immer noch auf der Straße stand.

Was die bloß wollten?

»Machen wir weiter.« Im Fahren griff sie zum Telefon und drückte eine Nummer. Es wurde Zeit, den Druck zu verstärken.

»Ich möchte Herrn Stern sprechen.«

Es dauerte einen Moment, bis er am Apparat war. »Stern.«

»Ja, ich bin es noch mal.«

»Wenn Sie nicht aufhören, mich zu belästigen ...« Er unterbrach sich.

»Was dann? Sagen Sie mir nicht, Sie gehen zur Polizei.«

»Und wenn doch?«

»Ich werde Sie nicht davon abhalten.«

»Aber ich habe Ihnen alles gesagt, was ich weiß.« Seine Stimme klang unsicher.

»Haben Sie nicht. Stern, ich warne Sie. Strapazieren Sie meine Geduld nicht über Gebühr.«

»So? Was wollen Sie denn machen?«

»Warten Sie es ab.« Damit legte sie auf.

Wenn sie nicht unglaubhaft werden wollte, mußte bald etwas passieren.

****

Eine Spur! Als wenn ihn jetzt eine Spur interessiert hätte.

Schröder schaltete hoch wie Michael Schumacher an guten Tagen. Der Motor reagierte aus dem Stand und beschleunigte, daß sein Kreuz gegen die Rückenlehne gedrückt wurde. Na, wenigstens die Karre tat, was er wollte. Aber selbst das ließ keine rechte Freude aufkommen.

»Dieses Weibstück!« Warum hatte sie das getan?

Wieso wurde ausgerechnet er ständig von Frauen gedemütigt? Stand er nicht voll auf der Seite des schwachen Geschlechts, ja, sogar bis hin zur Gleichberechtigung? War er nicht der Freund aller

Frauen? Begegnete er ihnen nicht mit freundlichster Hochachtung? Und war er nicht sogar bereit, sich das Motzen über Doppelnamen wie Dorothee-Annekatrin Czernenkewitz-Spangenmacher abzugewöhnen?

»Czernenkewitz-Spangenmacher. Gute Güte.« Wolli stieß Luft aus. »Aber ich würd's versuchen.«

Er tat doch nun wirklich alles, um nicht als Chauvi durch diese unsere Welt zu tapern. Zeigte Verständnis dafür, daß es Atem-Workshops für Frauen geben mußte. Nahm öfter mal eine kalte Dusche, statt Frau Ullmann aus dem Bett zu klingeln, und klappte jedesmal wieder den Klodeckel runter. Es kam noch so weit, daß er im Sitzen pinkelte!

»Und wofür?«

Gab es in dieser Stadt überhaupt jemanden, der Frauen gegenüber rücksichtsvoller und einfühlsamer gewesen wäre als Wolfgang Schröder? Nein. Gab es nicht. Was also mußte er noch tun, um es dieser fensterbildschnibbelnden Callanetics-Fraktion recht zu machen?

»Vielleicht ›Emma‹ abonnieren?«

Wie gut, daß er nicht der Typ war, der sich schnell über so was aufregte.

Eine Spur, beharrte sein Langzeitgedächtnis.

»Ja! Ja! Ja!«

Bei der nächsten Telefonzelle hielt er an, nicht ohne den Vectra sorgfältig zu verschließen, und durchwühlte das Gelbe Amtliche. »Stern Ottmar.« Neben der Adresse in Altenessen gab es einen zweiten Eintrag. »Stern Ottmar, Ehe-Institut *Annabell.*«

Was sollte das jetzt wieder? Hielt Benno das für eine Spur? Wahrscheinlich suchte die Civic-Plunze nur einen Kerl, den sie nach Herzenslust fertigmachen konnte.

Trotzdem nahm er den Umweg über die City, stellte das Auto ins bewachte Parkhaus und fand das Institut *Annabell* in einem Büroklotz am II. Hagen. Da es gleich eine ganze Etage in Beschlag nahm, durfte man vermuten, daß der Laden bestens lief. Mehr Erkenntnisse hielt der Tag allerdings nicht bereit, denn das Büro war mo–fr von 8–13 und 14–17 Uhr geöffnet. Außer do, von 14–18 Uhr. Heute war do und Mittagszeit obendrein.

Also jagte er die Karre Richtung Heßler. Erst unterwegs fiel ihm ein, daß er gar nicht wußte, ob Lemanski überhaupt zu Hause war.

Er war natürlich. Schmuddelblond und schmierig, lümmelte er sich ins Altdeutsche.

»Erstens haben wir den Kerl ausfindig gemacht«, sagte Wolli. »Zweitens ist er eine Frau.«

Mit einem Satz war der Zopf auf den Beinen. »Eine Frau? Wissen Sie das sicher?«

»Ich hab nichts mit ihr gehabt, falls Sie das meinen. Sie ist allerdings aus ihrem Hotel verschwunden.« Die Begegnung von heute morgen unterschlug er wohl besser. »Drittens hat sie einen gewissen Ottmar Stern aufgesucht. Das ist der Stand der Dinge.«

»Gut«, sagte Lemanski. Es klang wie das Gegenteil.

Wolfgang wartete auf weitere Anweisungen.

»Gut. Schicken Sie mir dann Ihre Rechnung.«

Wolfgang schluckte. »Ja, sollen wir die Maus denn nicht ausfindig machen?«

»Nicht nötig.« Mit einem Mal schien Lemanski es eilig zu haben. Er schob Schröder buchstäblich zur Tür. »Und schönen Dank für Ihre Bemühungen.«

Erst im Treppenhaus wurde Wolli klar, was das hieß. Mit etwas Geschick ließ sich vielleicht gerade noch eine Zweitausend unter die Rechnung schreiben.

Wie unter Valium fuhr er zurück ins Büro.

Er schleppte sich förmlich die Treppe hoch, ging ohne Gruß durch in sein Zimmer und ließ sich in den Drehstuhl fallen.

Ein stacheliger Kopf erschien mit besorgter Miene in der Tür. Kurz darauf ein bärtiger.

»Die Sau hat den Auftrag storniert«, sagte Wolli. Und spürte auch schon Wut aufsteigen. »Erst macht er sich vor Angst die Hose braun, und dann gibt er sich mit nem Falschnamen zufrieden. Das stinkt doch zum Himmel!«

»Vergiß es«, sagte Benno. »Das passiert eben.«

»Aber nicht mir!« Er sprang auf. »Ich laß mich von denen doch nicht hochnehmen. Ab sofort wird Lemanski observiert. Chris, hau Manni Pelldorf an, ob der Infos über ihn hat. Und diesen Stern knöpfen wir uns auch vor.«

»Und wer bezahlt das?«

»Weiß ich noch nicht.« Wolli stiefelte in die Dunkelkammer und brachte eine wehrlose Bierdose an sich. »Da läuft was Großes, sag ich euch. Ich riech das förmlich.«

****

Lemanski fuhr einen weißen Audi 200 mit balkenbreiter *FANATIC*-Reklame auf der Heckscheibe. Und er fuhr ihn verdammt sportlich. Hinter ihr versuchte ein Benz sie von der linken Fahrbahn zu blinken, die sie mit fünfzig blockierte. Einzig dem Verkehr war es zu verdanken, daß ihr die Zielperson nicht entwischte.

»Ich verlange wahrhaftig nichts Unmögliches«, säuselte Chris mit zusammengebissenen Zähnen. »Aber wenn ich Gas gebe, hast du nicht lauter zu werden, sondern schneller.«

Allein, die Zeiten, da sie mit ihrem Auto vernünftig reden konnte, schienen ein für allemal vorbei. Sie versuchte zu schalten. Worauf irgendwo im Motor blankes Metall kreischte, als würde sich ein rotierendes Sägeblatt durch die Kardanwelle fressen.

Wider Erwarten explodierte nichts.

Hinterm Hafen bog Lemanski auf ein Grundstück, das nach Wollis Beschreibung zu seinem Wohnzimmer paßte. Dreck und Schutt und ölige Pfützen in schillernden Farben. Ein Gelände, bei dessen Anblick ihre Lippen wie von selbst das Wort Giftmüll formten. Vor langer Zeit mochte hier mal Stahl, wenn nicht was Schlimmeres, gekocht worden sein. Der Frost und die Jahre hatten dem Asphalt der ehemaligen Werkstraße den Rest gegeben. Ein Fest für Stoßdämpfer wie die ihren.

Weit vorn sah sie den Audi zwischen mehreren Baracken und zwei langgestreckten Hallen verschwinden.

Über vergessene Geleise ging es zwischen wild wucherndem

Strauchwerk hindurch, bis der Cherry vor den Hallen auf ihr nachdrückliches Bremsen reagierte. Lemanskis Audi parkte vor einer Baracke, über der ein Schild *Capri-Südfrüchte* hing.

»Südfrüchte?« In ihrem Kopf formte sich ein Fragezeichen.

Vor der ersten Halle lief jemand mit einer Kamera herum, als würde er das Klo suchen. Auf einem Koffer stand groß und wichtig *PEGASUS FILM & VIDEO GmbH*.

Ein Dicker lehnte an einem rostigen Lada mit Dortmunder Kennzeichen, drehte sich eine Zigarette und schrie zu dem mit der Kamera. »Eh, Holger! Erst die Totale von der Halle. Dann aufziehen und schwenk auf die Laster und das Firmenlogo.«

Chris stöckelte durch den Matsch an ihm vorbei.

»Wow!«

Sie sah über die Schulter.

Der Dicke steckte sich die Fluppe in den Mundwinkel und schnipste mit den Fingern. »So ne Scheiße. Jetzt hab ich die weibliche Hauptrolle schon besetzt.« Er kam hinter ihr her und versuchte, ihr seine Hand aufzudrängen. »Willkommen am Set. Ich bin quasi der Produzent hier. Mager, Klaus-Ulrich Mager.«

Chris hielt das für einen Spaß, den sie nur nicht verstand. *»Der* Mager?«

»Sie kennen mich?«

»Moment. Nicht sagen.« Konzentriert legte sie die Hand an die Stirn, strahlte plötzlich und ließ den Zeigefinger vorschnellen. »Haben Sie nicht *Cliffhanger* gedreht? Nee, falsch! *Schindlers Liste*, stimmt's?«

Mager grinste breit. »So was gefällt mir. Warum gibt's nicht mehr davon?«

Sie machte, daß sie weiterkam, ehe Lemanski aufgescheucht wurde. Die zweite Halle lag gleich hinter der Südfrüchte-Baracke. Das Stabilste an ihr war ein Rolltor. Genauer gesagt, ein verriegeltes Rolltor.

»Kann ich Ihnen helfen?«

Jetzt nur nicht herumwirbeln und stottern!

»Ja, gern«, lächelte Chris und drehte sich um.

Lemanski stand direkt hinter ihr, beide Hände in die Hosentaschen gestaucht, und atmete sie an. Entweder kannte er die Tic-Tac-Reklame nicht, oder die zwei Stunden waren gerade um.

»Ich bin auf der Suche nach einem geeigneten Lager.« Sie porkelte ein Kärtchen aus ihrer Tasche. Eins der Visiten-Kärtchen, auf der nicht ein Buchstabe der Wahrheit entsprach. Der Name erst recht nicht. »Ich handele mit Antiquitäten.«

»Frau von Bellingen.« Lemanski warf einen Blick auf die Karte. »Tja, ich fürchte, hier ist nichts mehr frei.«

»Schade. Liegt so günstig bei meinem neuen Laden.« Chris sah sich um. »Na, denn.« Kurzes Lächeln. »Kann man nichts machen.« Mit der Arglosigkeit einer wohlhabenden Frau mittleren Alters schlenderte sie zurück. Lemanskis Blick war zwischen ihren Schulterblättern beinahe zu spüren.

»Falls Sie's sich überlegen«, sagte Mager, als sie vorbeikam. »Ich würde Sie gern mal auf einem Lüftungsschacht filmen.«

Was so ein fehlerhaftes Chromosom doch für Folgen haben kann, dachte Chris.

Ohne einen Blick zurück ging sie zum Auto, stieg ein und fuhr bis zur Straße. Sie parkte die Rostlaube, schlüpfte in ihre Einsatztreter mit flachem Absatz und war zwei Minuten später wieder in Richtung Südfrüchte unterwegs.

Der mit dem Mundgeruch kämpfte, war nicht zu sehen.

Chris hielt einen Abstand von zwanzig Metern für angebracht, bis sie auf der Rückseite der Halle war. Es gab keine Hintertür. Natürlich nicht. Dafür eine Reihe Fenster in drei Meter Höhe. Eins stand frech auf Kippe.

Wenn sie jetzt zwei von den Kisten nahm, die hinter der Baracke standen ... Ob das Krach machte?

Es machte keinen, dafür war der Boden zu matschig. Mit dem Draufwuchten der zweiten Kiste wartete sie allerdings, bis vorne Filmproduzent Mager eine Anweisung über den Hof brüllte. Und schon war sie oben und mit dem Kopf unterm Fensterflügel.

In der Halle standen fünf sehr neu aussehende Porsche. Einer davon mit offener Motorhaube, aber keiner mit Nummernschild.

Sie sah nach unten und betete, daß Lemanski nicht ausgerechnet jetzt Lust auf einen Rundgang verspürte. Er hatte nicht den Eindruck gemacht, als sei sein Atem seine einzige Waffe. Und ihr Pistolenrevolver lag natürlich wieder mal zu Hause.

»Was machst du nur, Mädchen?« sagte sie leise, verwarf dann alle Gedanken an Angst und zog sich hoch. Einen Moment lag sie genau in der Waage. Dann ließ sie sich nach vorn fallen, überschlug sich und hing an der Innenwand. Ein Sprung, und sie landete haarscharf neben einer Werkzeugkiste. Das hätte laut werden können.

Ein Auge zum Rolltor, huschte sie auf die Wagen zu.

Auf dem freiliegenden Motorblock lag eine Schleifmaschine. Mit fliegenden Fingern zog sie die Minox aus der Tasche und knipste los. Jedes Auto einzeln, erst von außen, dann das Armaturenbrett samt Kilometerstand. Zum Schluß ein Gruppenbild.

»Und? Was sagt das dem Richter?« murmelte sie. »Nichts.«

Es gab eine Werkbank und drei Stahlspinde. Der erste öffnete sich kreischend, daß sie erschreckt innehielt.

Intensives Lauschen.

Weiter!

Der zweite enthielt Putzlappen und dreckige Flaschen, der dritte eine Kiste. Als sie den Deckel aufklappte, sprangen ihr die Kennzeichen beinahe ins Auge. Aha!

Sie zog die Schilder heraus, wobei sie sich den Rock versaute, und legte sie nebeneinander auf die Erde. Ein Schritt zurück, ein Druck auf den Auslöser, ein zweites Bild, ein dritt ... Ruckelnd ging das Rolltor hoch!

Die Minox klatschte in den Dreck.

Beidhändig schaufelte Chris die klappernden Kennzeichen zusammen, sah erst gar nicht zum Tor, stopfte sie in die Kiste; zwei verkanteten sich; mit der Hand schlug sie sie hinein, klappte den Deckel runter, schob sie in den Spind, schleuderte die Tür zu und hastete hinter einen Stapel Autoreifen. Vor dem Rolltor erschienen Lemanskis Beine.

Die Minox!

Mit einem Satz war Chris aus der Deckung, rannte los ...

Lemanskis Oberkörper wurde sichtbar ... Sie schnappte sich die Kamera, stolperte, fiel der Länge nach hin, sprang auf und hetzte zurück.

Sie war noch nicht wieder hinter den Reifen, als Lemanski hereinkam. Puls trommelte unter ihrer Schädeldecke; hastig drückte sie den Kopf zwischen die Arme, um ihr Keuchen zu dämpfen. Es mußte bis in den letzten Winkel der Halle zu hören sein.

Pfeifend kam Lemanski heran, genau auf sie zu. Er hatte sie gesehen! Chris hielt die Luft an. Das Pfeifen kam näher, war jetzt direkt neben ihr. Lemanskis Schatten strich über die Wand, dann rumorte etwas im Spind.

Ein Schlag! Ein Schuß!

Beides blieb aus.

Zitternd wagte Chris einen Blick aus dem Gummi und sah, daß er zu den Autos ging. Für ein paar Sekunden wandte er ihr den Rücken zu. Lang genug. Sie drückte sich aus dem Dunkel, rückwärts zum Tor, die Augen auf ihn gerichtet. Als sie die Mauer im Rücken spürte, drehte sie sich um und huschte hinaus.

Ohne Zeit zu verlieren, rannte sie los, um die Halle herum zur Rückseite. Sie zerrte die oberste Kiste herunter, zog sie hinter die Baracke. Öliger Dreck durchtränkte ihre Bluse, ihren Rock. Die zweite Kiste war leichter.

Obwohl sie kaum noch Luft kriegte, rannte sie. Jeden Moment in Angst, Laufschritte hinter sich zu hören.

Das tanzende Gelände vor den Augen, lief sie querfeldein. Eine Ewigkeit. Länger als eine Ewigkeit. Viel länger. Endlich tauchte die Straße vor ihr auf ... die Einfahrt ... ihr Auto.

Japsend hielt sie sich am Dach fest, gekrümmt unter Seitenstechen.

Gegenüber standen zwei Frauen, die Einkaufstaschen in der Hand, und gafften mit offenem Mund.

Es dauerte Minuten, bis sie die Wagentür aufschließen konnte.

****

So ist oft äußrer Schein sich selber fremd, die Welt wird immerdar durch Zier berückt. Im Recht, wo ist ein Handel so verderbt, der nicht, geschmückt von einer holden Stimme ...

»Dicken? Bisse da?«

Von einer holden Stimme, des Bösen Schein verdeckt?

»Tür ist auf«, rief Benno und legte Band vier des süßen Schwans von Avon beiseite. Wenn er's denn mal selbst geschrieben hatte, der süße Schwan. Denn Zweifler gab's die Fülle neben all den Huldigungs-Biographen. »Fräulein, Ihr habt der Worte mich beraubt, mein Blut nur in den Adern spricht zu Euch.«

»Ich geb dir gleich Frollein.« Die ausgebeulte Kittelschürze vor dem Bauch gerafft, kam Oma Lene herein. »Wie einer nur so viel rumliegen kann.«

»Ich liege nicht rum, ich huldige dem Hedonismus.«

»Da kenn ich nix von. Wollt nur fragen. Hilde Werntjes hat mir so schöne Kohlrabi ausm Garten gegeben. Kuck ma.« Damit hielt sie die Schürze auf. »Sind die nich wie gemalt?«

»Über Gebühr verlockend«, sagte Benno, nahm die Beine von der Lehne und wuchtete sich vom Sofa.

»Für mich is dat zu viel. Kannz gern en paar abhaben. Wär doch zu schad, wenn ... Jesus! Maria!«

Ihre Äußerung galt zweifelsfrei dem aufheulenden Motor. Im selben Augenblick schoß etwas laut und blau am Fenster vorbei und kam in einer Staubwolke vor der Kastanie zum Stehen.

»Wolli! Ja, biss du denn noch gescheit?«

»Das ist ein Sound, was?« Schröder erschien in der Tür, sah Oma Lene, nahm ihren Kopf zwischen die Hände und sah sie ernst an. »Sei gesegnet, gute Frau. Sei gesegnet.« Und küßte sie auf die Faltenstirn.

»Ja, isset denn ...?«

»Heute nachmittag hab ich ihn fast auf hundertneunzig gebracht.«

»Benno, denk mal mit dran, daß wir seine Lebensversicherung erhöhen«, sagte Chris.

»Was ist das?« Wolli zeigte auf das Weinglas.

»Ein 91er Chardonnay, und Finger weg«, sagte Benno.

Inzwischen war Oma auf den Hof gewieselt und spinste neugierig in den Vectra.

»Setz dich ruhig mal rein«, rief Chris nach draußen. Und mit Blick auf Wolli: »Stehst schließlich im Fahrzeugbrief.«

»Ich glaube, ich möchte auch so was«, sagte Schröder, die Gier in den Augen.

Shakespeare und Relaxen konnte er für heute wohl vergessen. Also holte Benno seufzend zwei Gläser aus der Vitrine und gleich eine neue Flasche aus der Küche. Als er zurückkam, lag ein Stapel Fotos auf dem Tisch. Und ein unübersehbar stolzes Grinsen auf Christianes Gesicht.

»Unser Quoten-Schnuckel ...« Wolli entging nur knapp Frau Ullmanns Faust. »Will sagen, unsere bewährte Mitarbeiterin hat eine Entdeckung gemacht.« Er nahm Benno die Flasche ab und goß reihum ein.

»Die stehen in Lemanskis Halle.«

Benno hielt die Fotos nacheinander ins Licht. »Na und? Er handelt doch mit Autos.«

»Jahaa«, machte Chris. »So geht das Wort. Aber auf dem Firmenschild steht *Capri-Südfrüchte* und nicht *Porsche-Vertragshändler.*«

»Sieh dir die Kilometerstände an, alle unter zehntausend. Und die Schleifmaschine auf dem Motorblock.« Lässig legte Wolli die Füße auf den Kaminsockel und gluckerte die Hälfte von seinem Wein weg. »Was wurde da wohl rausgeschliffen? Na? fragen wir uns. Na? Gar das Motornümmerlein?«

»Geklaute Autos.« Nachdenklich strich Benno sich durch den Bart. »Vielleicht ist unsere Phantomin eine Kollegin, in Lohn und Brot einer Assekuranz. Nein«, verbesserte er sich.

»Eben.« Chris holte ihren Halfzware aus der Jacke. »Dann ständen die Porsches nicht mehr bei Lemanski, sondern auf dem Betriebshof vom Kriminaltechnischen Dienst. Die Frau ist doch nicht dümmer als ich und weiß längst von den Autos.«

»Wie wahr, wie wahr.« Sinnend nahm Benno seine alte Dunhill und griff nach dem Tabak.

»Überhaupt turnen Versicherungsdetektive nicht über nächtliche Dächer.« Wolli trank zügig aus und beugte sich zur Flasche. »Lemanskis Problem ist nicht, daß er sich von ihr beobachtet fühlt, sondern bedroht.«

»Trotzdem pfeift er uns zurück?«

Chris nickte. »Weil wir ab jetzt was rauskriegen könnten, was wir nicht rauskriegen sollen.«

Klang gescheit.

Aus Wollis Ecke war Gluckern zu hören.

»Mein Gott«, stöhnte Benno. »Wie du mit diesem Wein umgehst . . . Das ist ein Chardonnay von den Terrassen des Lavaux.«

»Aha«, sagte Schröder. »Na, dann tu mir noch einen.«

******

Zwei *agents,* wie Wilfried Rennecke seine Außendienstleute in letzter Zeit nannte, kamen ihr auf der Treppe entgegen. Drahtig, mit schmalen Lippen und entschlossen. Vor allem entschlossen. Wozu auch immer. Beavis und Butthead in Konfirmationsanzügen. Eine grundsätzliche Bedingung, um bei Rennecke zu arbeiten, war ein IQ nicht über zwanzig. Damit der Chef jederzeit mitreden konnte.

Kopfschüttelnd trat sie ein.

Blitzartig schoß etwas vom Stuhl; eine Schublade rumste zu; im Schreibtisch kollerte Glas gegen Glas. Gleichzeitig verschwand diskret eine Flasche Küstennebel im Papierkorb. Der, dessen Hand das besorgte, sah aus wie W. C. Fields, wenige Stunden vor seinem Tod.

»Ich wollte zu Herrn Pelldorf«, sagte Chris.

»Iss . . .« W. C. Fields kräuselte die Lippen und stierte sie an. Man konnte förmlich sehen, wie er versuchte, einen Satz zu formulieren. »Iss . . . nur kurz wech.«

Von nebenan kam Manni Pelldorf und drückte ihn im Vorbeigehen auf den Drehstuhl. »Sitz.« Und zu Chris: »Keine Angst, er tut nichts.«

»Neuer Kollege?« vermutete Chris.

»Paul *›purple nose‹* Matuschek. Strafversetzt in den Innendienst. Und ich darf auf ihn aufpassen. Eine Welt ist das …«

»Anneneh … Angenehm.« *Purple nose* erhob sich halb, mit schwankend ausgestreckter Hand, und plumpste zurück. »Sie geschdadden, wenn ich Plazz behalte?«

Gott! Und sie beschwerte sich über Schröder! »Hast du was über Lemanski?«

»Negativ.« Pelldorf blätterte einen Hefter auf. »Vor sechs Jahren eine Vorstrafe wegen Hehlerei, seitdem sauber.«

»Hehlerei mit was? Autos?«

Erneutes Blättern. »Videorecorder, Mikrowellen, als das noch was brachte. Lebt seitdem von der Stütze.«

Das wußte sie nun besser. »Was ist mit dem Autohandel?«

»Ach, das.« Pelldorf winkte ab. »Die Firma ist seit einem Jahr gelöscht. Ist nie gelaufen.«

Dann hatte er also nur vergessen, den Eintrag im Amtlichen zu löschen. Sah ihm ähnlich.

»Aha und soso.« Sie nahm ihm den Hefter ab, überflog ihn und sagte so nebenbei wie eben möglich: »Ach ja, dann brauche ich noch den Code.«

Manni Pelldorf wurde kerzengerade. »Wozu das?«

»Weil ich eine Halterabfrage habe. Genauer gesagt fünf.«

Pelldorf stöhnte wie die Jungfrau im Wochenbett. »Du schmeckst mir vielleicht. Weißt du, was mich das Ding im Jahr kostet?«

»Manni«, sagte sie nur und setzte sich bewußt gedankenlos auf seine Schreibtischkante. Wodurch ungeschickterweise ihr Rocksaum verrutschte.

Pelldorf schluckte.

»Manni, wir haben Monatsende. Morgen früh wird er sowieso geändert.«

Den Code vom Straßenverkehrsamt hatte Pelldorf schärfer im Auge als Parzival den Gral. Dabei gab es Dutzende von Detektiven, die ihn ebenfalls für eine Gefälligkeit bekamen. Die Agentur Schröder gehörte allerdings nicht zu diesem erlauchten Kreis.

»Weil du es bist.« Muffelnd schrieb er was auf einen Zettel und schob ihn ihr zu. »Aber nur für ein einziges Gespräch.«

»Und die Durchwahl von deinem Sachbearbeiter.«

Theatralisches Stöhnen. Dann wischte er den Zettel zu sich, schrieb auch eine Nummer drauf, schob ihn zurück.

Während Chris wählte, den Code durchgab und die fünf Kennzeichen aus Lemanskis Schuppen, verstieß *purple nose* schon wieder emsig gegen seinen Einstellungsvertrag. Als er die Lippen über den Glasrand stülpte, sah Chris weg.

»Ja, Detektei Rennecke. Ullmann. Ich hätte gern eine Auskunft. Den Code? Moment.«

Das Zauberwort verschaffte ihr fünf Adressen mit dazugehörigen Telefonnummern und einen »Gruß an den Kollegen Pelldorf«.

»Schönen Gruß«, sagte sie und wählte gleich neu.

»Du blockierst meine Leitung!«

»Setz es auf die Rechnung. Ja? Frau Wilmersdorf? Das Straßenverkehrsamt hier, guten Tag. Eine Frage. Gehört Ihnen ein . . .« Ihr Fingernagel suchte den passenden Wagen. »Ein weißer Porsche 928? Ach! Aha. Gestohlen. Und wann? Nein, nein, wir haben ihn nicht gefunden. Nein, dann hat sich meine Rückfrage erledigt. Danke und tschüssi.«

Pelldorfs Stirn knubbelte sich nach Dackelart. »Hinter was seid ihr eigentlich her?«

»Wissen wir noch nicht«, sagte Chris und wählte die nächste Nummer.

»Und euer Klient?«

»Wir haben keinen.« Aus den Augenwinkeln registrierte sie seinen hektisch schnappenden Mund. »Hallo! Spreche ich mit Herrn Arne Schneider?«

Vier von den Haltern erwischte sie. Jeder vermißte seinen Porsche. Der eine erst wenige Tage, ein anderer seit zwei Wochen. Bei jedem Mal war Chris drauf und dran, zu sagen, wo die Autos standen.

******

»Noch nicht«, sagte Schröder und schaltete runter.

»Aber wirmaunsmischuh ...« Mordsmäßiges Rauschen verstümmelte ihre Worte.

Wolli rammte seinen Ellbogen gegen die Hammerschlaglackierung, worauf der Kasten beleidigt aufjaulte. »Wie meinen?«

»Wir machen uns mitschuldig, wenn wir die Bullen nicht einschalten«, kam Chrissis Stimme über den Äther.

»Erst will ich wissen, was da gespielt wird.«

»Aber, Wolli ...«

»Ich muß jetzt die Hände frei haben. Ende, aus, Nikolaus.«

Vor ihm zog der Audi auf die linke Spur.

Weder im Telefonbuch noch im Handelsregister oder bei der IHK gab es eine Firma mit Namen »Capri-Südfrüchte«. Womit auch kein Schwein gerechnet hatte. Der Weg zur Lösung dieses Falls war mit Falschnamen gepflastert ... Na ja, so ungefähr ...

Rechts wischte die GRUGA vorbei, an deren Fassade die Fachmesse für Sanitäres angekündigt wurde. FaMeSa nannten es die Veranstalter. Inter-Klo nannte es Schröder.

Lemanski fuhr wie eine Sau, drängelte, überholte rechts und nahm Ampeln vorzugsweise bei Gelb. So daß Wolli ständig rot sah und viel zu dicht dran war. Hinterm türkischen Konsulat schlitterte der Audi nach links in Richtung Stadtwald. Wolli konnte nur hoffen, daß die Bullen gerade Brotzeit hatten.

Und jetzt? Was sollte das? Wieso bog der ab?

»Was will ein Skunk wie Lemanski in der Villa Hügel?« Da fiel der doch auf wie ein Mastschwein an der Kaffeetafel.

Schröder fuhr vorbei, drehte bei der nächsten Gelegenheit und ließ ihm genügend Vorsprung auf dem übersichtlichen Zufahrtsweg. Konnte auch geplant sein. Konnte sein, Lemanski fuhr unten am Baldeneysee wieder raus.

»Kann nicht sein.«

Wenn der ihn bemerkt hatte und abhängen wollte, hätte er das im Stadtverkehr längst getan.

Wie auch immer. Vom Audi rechts, links und vorne keine Spur. Also doch?

Nein. Auf dem Parkplatz vor Alfred Krupps Protzbau bekam er ihn wieder ins Blickfeld. Stand da und ...

Schröder bremste vier Meter Rillen in den Kies.

Der Audi parkte direkt neben dem schwarzen Civic.

War er ...? Sollte etwa ...? Oder wie ...? Fragen tauchten auf, verwarfen sich gegenseitig und hinterließen in Schröder das unbestimmte Gefühl, geleimt zu werden.

Er brauchte ein paar Sekunden, um klar denken zu können.

Wenn das da vorn nicht unter Zufall oder Begegnung der dritten Art lief, mußten sich Lemanski und Madame Hohngelächter inzwischen kennen. Und ihr Miteinander neu geregelt haben. Denn bedroht fühlte er sich anscheinend nicht mehr.

Über dem Haupteingang bauschte sich ein Transparent im Wind, dem lauen. *Kunst in China.* Ihm blieb auch wirklich nichts erspart.

Also den Vectra unter die Bäume gestellt und rein. Da er weder künstliche Waigel-Brauen, Zähne zum Überstülpen, ja nicht mal eine Sonnenbrille dabei hatte, ging er, wie er war. Wenn Lemanski ihn entdeckte, konnte er ihn immer noch ein wenig beiseite nehmen und zum Reden bringen. Das Wissen um die Porsches am Stadthafen mochte dabei recht dienlich sein.

Drinnen war es so kalt wie zu der Zeit, als sich die Krupps mit der ersten Heizungsanlage der Welt herumgeschlagen hatten. Wolli zog den Kopf zwischen die Schultern und pirschte an den Stellwänden entlang.

Fotos von Jungs mit Zopf und Ziegenbart, Teetäßchen, Nippes und goldene Masken. Ein bißchen vermißte Wolli die MPs und Sturmgewehre vom Platz des Himmlischen Friedens. Aber vielleicht gab's darüber mal eine Extra-Ausstellung.

Ein Blick aus der Deckung. Zwei faltige Damen in Zartrosa, mit welken Möpsen im Mieder. Ein Aufseher mit Walkie-talkie. Und eine Horde Primaner, die sich X-large und extremst gelangweilt von ihrem Studienrat – »... wurden gegen 1050 von Wu Wang besiegt, dem ersten Herrcher in der Gechichte der Chou-Dynastie ...« – durch die Gänge schieben ließ.

Lange bevor ein hier ungenannter, aber gewisser Politiker sich als Enkel eines anderen hier ungenannten, aber gewiß ganz anderen Politikers ausrief, hatte Schröder es schon auf den Tod nicht ausstehen können, wenn jemand »Gechichte« sagte. Oder »friche Fleichwurst«. Nun denn.

Er war kaum hinter einer Säule vorgetreten, als er sie sah.

Stand der Typ doch mitten in der Halle. Mittendrin. Mit zehn Meter Distanz zu ihm. Und kein Schwein in der Nähe, kein Gedrängel, keine schützende Stelltafel dazwischen. Und neben ihm der Honda-Hase, und beide am Reden, als bekämen sie Zeilenhonorar dafür.

Jetzt hob Lemanski die Schultern und streckte die Hände in Tut-mir-leid-aber-was-soll-ich-machen?-Manier in die Luft. Offensichtlich machte das Eindruck auf die kleine Schwarze. Jedenfalls nahm er die Hände wieder runter und hörte ihr zu.

Und er, Wolfgang Schröder, Chef der Agentur *Oma Lene, Schröder und Partner* stand hilflos außer Hörweite und rätselte sich nen Wolf. Gab da jetzt Richtmikrofone, nur 500 Gramm schwer, aber mit 2000facher Verstärkung. Die Dinger schlugen schon an, wenn fünfzig Meter vor dir ein Straßenköter ne Erektion kriegte. Doch wer hatte so ein Ding nicht? Richtig.

Ohnmacht und Wut!

Da plötzlich tat sich der Himmel auf.

Und eine Stimme sagte: »Schröder, du mein Sohn, ich will mich gnädig zeigen. Wisse, du sollst deine Okkasion erhalten. Aber geh endlich hinter deine verdammte Säule zurück. Das Quarktaschengesicht braucht doch nur zufällig rüberzusehen, und aus isses. Mein Gott, und so was will Detektiv sein.«

Mit steifem Kreuz drückte Wolli sich hinter die Rundung. Fast gleichzeitig schlenderten die beiden heran und . . . blieben stehen.

». . . schwöre, so war das.« Lemanski.

»Wenn nicht . . .« Murmelmurmel. ». . . ich dranbleiben. Verlassen Sie sich drauf.« Die Schwarze.

Lemanski streckte ihr seine Schmierhand hin, die sie geflissentlich übersah. »Leben Sie wohl.«

Die Civic-Schnalle schüttelte den Kopf. »Jeszcze sie zobaczymy.« Und auf seinen fragenden Blick: »Wir sehen uns noch.« Damit ließ sie ihn stehen.

Eine Russin!

Schröder spürte den Adrenalinstoß bis unterm Scheitel.

Das war ne Russin!

Allein das Wort löste einen Erdrutsch in seinem Kopf aus. Rußland! Kalaschnikow! KGB! Russen-Mafia!

»Russen-Mafia ...«, flüsterte er.

Zentimeter neben ihm stöckelte das organisierte Verbrechen zum Ausgang.

Im Schutz der Fotowände machte Schröder, daß er ihr hinterherkam.

******

Stern ließ sich verleugnen. Er sei nicht im Haus, sagte seine Sekretärin.

Doch als sie das Bürohaus verließ und nach oben schaute, sah sie ihn hinter der Scheibe stehen. Er beobachtete sie.

Und nicht nur er. Seit sie die Villa Hügel verlassen hatte, war dieser Schröder hinter ihr. Momentan stand sein Vectra im Parkverbot vor dem WDR, er selbst sah gelangweilt zum Biergarten gegenüber.

»Junge, du hast noch viel zu lernen.«

Sie schloß den Civic auf und fuhr durchs Bankenviertel auf die Durchgangsstraße, dann in östlicher Richtung.

Wolfgang Schröder blieb mit drei Wagenlängen Abstand in ihrem Kielwasser.

Hinter Kray hatte sie das Spielchen satt. Links sah sie in einer Seitenstraße die Einfahrt zu einem Parkhaus. Sie drückte aufs Gas, scherte verbotswidrig über die Fahrbahn, drehte und fuhr rechts rein. Vorsprung genug, um ein Ticket zu ziehen und, den roten

Pfeil mißachtend, ins Erdgeschoß zu fahren. Im Rückspiegel sah sie noch, wie Schröder dem grünen Pfeil nach oben folgte.

»Stümper.«

Zwei Minuten später war sie wieder auf der Straße.

Das Parkhaus nach ihr abzusuchen würde Schröder gewiß noch eine Zeitlang beschäftigen.

******

Daß es eine Frau war, in der er seinen Meister fand, gab den Ausschlag. Er sprach es nicht aus. Doch in allem, in seiner Haltung, seinem Gesicht, stand die tiefe Kränkung, die sie ihm zugefügt hatte.

Sie blieb in der Tür stehen.

Schweigend, schwarz wie ein Scherenschnitt vor dem Viereck des Fensters, stand er da und sah in die sich auftürmenden Cumuluswolken am Abendhimmel. Die kraftlosen Strahlen der letzten Sonne hüllten den Raum in matt-goldenen Schimmer.

»Der Herbst ist doch ein wunderbarer Maler.« Er sah auf. Und als er jetzt lächelte, lag eine große Müdigkeit darin.

»Wie recht Sie haben.«

»Nun?« fragte er. »Ist es russisch, Della?«

Eifrig klappte sie ihren Stenoblock auf und trat an seinen Schreibtisch. »Sie sagten, die Frau verabschiedete sich mit *Wir sehen uns noch*. Jedoch klingt die russische Übersetzung anders, als Sie sie in Erinnerung hatten.«

»Und ich war mir so sicher.«

»Warten Sie«, entgegnete Della und blätterte um. »Ich habe einige Wörterbücher in der Bibliothek nachgeschlagen und glaube es gefunden zu haben.«

Mit angespannter Miene sah er sie an.

»Jeszcze sie zobaczymy. War es das?«

Heftig nickte er. »Exakt.«

»Dann ist es polnisch. Die Frau in dem schwarzen Coupé ist eine Polin«, eröffnete sie ihm.

»Heaven«, stieß Mason hervor, und seine Augen bekamen die Härte von Stahl. »Das gibt dem Fall eine unerwartete Wendung.« Seine Fingerspitzen trommelten auf der Schreibtischplatte. »Wissen Sie, was das bedeutet?«

»Ich ...« Die Gedanken überschlugen sich hinter ihrer hübschen Stirn. »Ich bin mir nicht sicher.«

Er tippte auf den Zeigefinger seiner Linken. »Lemanski stiehlt hochkarätige Sportwagen. Diese werden dann nach Polen auf den schwarzen Markt geschafft.« Mittelfinger. »Doch es gibt Unstimmigkeiten. Seine Kontaktleute dort drüben schicken diese Frau.« Ringfinger. »Der gelingt es, Lemanski gefügig zu machen.« Und *last but not least* der kleine Finger. »Fazit: Wir sind internationalen Autoschiebern auf der Spur!«

»Aber ...« Sie zögerte, bevor sie weitersprach. »Aber welche Rolle spielt dieser Ehevermittler? Stern?«

»Um den Burschen soll Paul sich kümmern. Sicher führt uns diese Spur weiter.« Endlich brach die alte Kämpfernatur wieder in ihm durch.

Della wandte sich zum Gehen, verharrte aber auf der Schwelle. »Kann ich sonst noch etwas für Sie tun? Vielleicht ein Kabel an Staatsanwalt Burger durchgeben?«

»Ich depeschiere ihm morgen. Machen Sie Schluß für heute.« Er kam ihr nach. »Soll ich Sie nach Hause fahren?«

»Danke. Wenn Sie nichts dagegen haben, nehme ich den Buick.«

Lächelnd faßte er sie bei den Schultern. »Manchmal wüßte ich nicht, was ich ohne Sie täte.«

»Ich tu doch nur meine Pflicht«, sagte sie leise und senkte die Augen.

»Viel mehr als das. Ich möchte Ihnen die Hand schütteln, für alles ...«

»Die Hand schütteln!« Chris verdrehte die Augen. »Schröder, der Typ ist voll scharf auf Della Street.«

»Aber er legt sie in keinem Buch flach.«

»Ich hab gehört, dazwischen soll es noch die eine oder andere Alternative geben.«

»Schön«, sagte Schröder. »Gehen wir einfach ein paar davon durch.« Und legte auch schon Hand an.

Das Schrillen der Türklingel machte dem Tun auf grausame Art ein Ende.

»Wie praktisch. So brauche ich das Thema Migräne erst gar nicht ins Spiel zu bringen.« Chris pflückte seine Finger ab und drückte einen davon auf den Türöffner.

Schröder verzog sich maulend in die Dunkelkammer. »Frauen wie du werden mich eines Tages in die Nestwärme einer schmusigen Männergruppe treiben. Als Psycho-Kastrat, der seine langen Abende mit Töpferei und Salzgebackenem ausfüllt.«

»Oooch, du armes kleines Wölfchen.« Sie stellte sich auf die Zehenspitzen und bützte ihn.

Doch einen Schrecken hielt der Tag noch bereit.

Seit *Bad Girls* machte Anna verstärkt auf Drew Barrymore. Schulterlanges Lockenhaar, Shirts ohne Ärmel, Lederweste und trotziger Schmollmund. Früher hatte sie noch versucht, Chris mit Blicken zu verätzen. Heute nahm sie sie nicht mal zur Kenntnis.

»Dad! Hast du ihn gesehen?«

»Wen?« fragte Schröder, die Fingerkuppe schon wieder am Abzugbügel einer Pilsdose.

»Den Designer!«

Frau Ullmann hielt es für angebracht, ihr Täschchen zu packen, und verschwand in ihrem Büro.

»Das ist die Entscheidung deiner Mutter«, hörte sie Wolli von nebenan.

»Dad! Er ... ich ...« Worauf ein erstklassig hingelegter Weinkrampf folgte.

»Aber Hase.«

Hase! Als Chris zum Abschied um die Ecke winkte, sah sie Schröder recht hilflos dastehen. In einer Hand das Bier, im Arm die schluchzende Tochter.

Aha. Eine neue Masche, um ihren Vater abzuzocken?

****

Er hätte vorher was essen sollen. Ach, Scheiß.

»Hast du was?« Bruno stellte ihm ein Pils hin und suchte auf dem Deckel nach Platz für einen Strich.

Wolli schüttelte den Kopf. Ganz vorsichtig. Als er es das letzte Mal versucht hatte, war ihm die Theke mitsamt Gläserregal entgegengeschlingert.

»Willst du nicht lieber ins Bett gehen?«

»Ich bring ihn um«, sagte Wolli, nahm ein paar kräftige Schlucke und stellte das leere Glas auf den Tresen.

Es zersplitterte vor seinen Füßen. Merkwürdig.

»Wen? Und wann?«

»Was willsssu damit sagen?«

Bruno tippte auf seine Armbanduhr. »Daß wir gleich halb eins haben. Sperrstunde.«

»Dann sperr doch sssu.«

»Schröder, ich weiß ja nicht, was du gegen deine Leber hast. Aber mußt du deine Zirrhose unbedingt noch heute abend kriegen?«

Donnernd schaffte sich ein Bäuerchen Platz. Der Rückstoß riß ihn beinahe von den Beinen. »Oh, 'tschuldigung.«

»Schluß für heute.« Bruno zog den Deckel an sich und zählte. »Zweiunddreißig Bier. Man sollte meinen, das reicht für zwei weiche Birnen.«

»Willssu mich rausschmeißen?« Mit ruderndem Zeigefinger folgte Wolli seiner Bewegung, kippte zur Seite und hing plötzlich mit beiden Händen im Garderobenständer. »Ich geh, wann ich will.«

»Schröder.«

»Okay.« Er winkte großartig ab und ... Wieder rutschte die Theke weg. »Ich will. Aber nicht anfassen. Ich kann allein laufen.«

Hinter ihm gingen polternd zwei Barhocker zu Boden.

»Komm«, sagte Bruno und zog sich einen Arm über die Schulter.

Im Treppenhaus schlug ihm die kalte Luft entgegen wie ein Hammer. Für einen Moment hatte er das letzte Bier wieder im

Mund. Vielleicht, nur mal so, rein theoretisch, hatte Bruno sogar recht. Vielleicht sollte er sich wirklich etwas hinlegen, bevor er diese Sau umbrachte. Konnte nicht schaden.

»Mensch, heb doch mal die Füße an.«

»Hassu eigentlich Kinder, Bruno?«

»Gerd und die Marlies. Kennst du doch.«

»Ah ja.« Richtig. »Und?«

»Was und?«

»Bissu eigentlich glücklich, so als Vater?«

»Sicher. Du nicht?«

Wolli überlegte. Im Augenblick konnte er sich nicht erinnern. »Man muß sie beschützen«, sagte er.

»Jetzt sei endlich still. Die anderen im Haus schlafen längst.« Mit einer Hand drückte Bruno ihn gegen die Wand, während er mit der anderen in Wollis Klamotten rumwühlte. »Wo ist dein Schlüssel?«

Bruno schien ziemlich besoffen zu sein. War ihm bisher gar nicht aufgefallen. Wie der mit dem Schlüssel rummachte.

»Schlafzimmer immer noch rechts? Aha, ich seh schon.« Ohne Licht zu machen, schob Bruno ihn hinein und stupste ihn an.

»Eh!« Ehe er sich's versah, schlug Wolli aufs Bett.

»Ausziehen?«

»Bemüh dich nicht.« Er krabbelte auf sein Kissen zu, knuddelte es in die Arme und stellte sich vor, es wäre Chris.

Dann wurde es hastig dunkel.

Dunkel und taub.

Überall.

Ein Mann ohne Gesicht flog durchs Zimmer, rückwärts taumelnd, knallte gegen das Fenster und brach splitternd durch die Scheibe. Sein Schrei verhallte im Hof, bis er dreihundert Stockwerke tiefer aufs Pflaster schlug. Schröder hatte gar nicht gewußt, daß seine Faust so viel Drive hergab. Ein Schaukeln unter seinen Füßen begann ihn zu irritieren. Als er an sich hinabsah, stand er auf einer Hängebrücke. Wind fuhr ihm durch die Haare. Der ohne Gesicht kam auf ihn zu, langsam, den Kopf gebeugt. Vom Schwert in seiner Hand tropfte es dunkelrot und zäh. Ein wohlgesetzter Hieb, und die Waffe trudelte durch die gähnende Schwärze des Abgrunds. Der ohne Gesicht keuchte schwer, als Schröder nun dicht vor ihm stand. Verzweifelt krallte er seine Finger in Schröders Arm, versuchte ihn über die schwankenden Holzplanken zu stoßen ...

»Nein!«

»Schröder.«

»Hah!« Seine Hand fuhr hoch und gegen was Hartes. Eine Wand. Wieso eine Wand? Mitten in der Schlucht?

»Schröder, wach auf.«

Jemand beugte sich über ihn. Roch gut. Eine Frau. Eine Frau? »Chris?«

»Wölfchen, es ist halb zehn.«

Wind fuhr ihm durch die Haare.

Dem Geräusch nach hatte Frau Ullmann das Fenster aufgerissen.

»Ist er tot?« fragte Wolli und öffnete vorsichtig ein Auge. »Ah! Mach's wieder dunkel!«

»Mein Gott, du bist ja wieder breit wie ein Biber. Gab's einen besonderen Grund, so zu saufen?«

»Anna«, hauchte er. »Erzähl ich dir später.« Keine Frage, sein Kopf war dabei, knackend in staubige Einzelteile zu zerspringen. »Wie kannst du nur bei so viel Licht sehen?«

Nah an seinem Ohr wurde giftiges Zischen laut.

»Hier, trink das.«

Er beschloß, seine Leidensfähigkeit auszuloten, und versuchte noch mal die Nummer mit dem einen Auge. »Ah!« Ein heißes Messer sauste ihm durch die Pupille und blieb zitternd in der Rückwand seines Gehirns stecken.

»Austrinken«, sagte Chris und führte ihm das zischende Glas an den Mund.

Wolli schluckte mit verklebtem Hals und ließ sich wieder nach hinten fallen. »Ich will nicht sterben.«

»Dazu hast du auch gar keine Zeit. Ein arbeitsreicher Tag wartet auf uns.« Kumpelhaft schlug sie ihm auf die Schulter. Möglicherweise eine Spur zu kumpelhaft. »Ich hab dir ein Bad eingelassen.«

Kopfschmerzen hin, Brechreiz her. Wolli öffnete tapfer auch das zweite Auge.

Auf dem Bettrand saß Chris und guckte besorgt.

»Du bist die gute Fee in meinem Leben.« Unauffällig brachte er ihre Hand an sich. »Ich muß das mal sagen, Chris. Du bist da, wenn ich dich brauche. Pflegst mich, bekochst mich, bist Geliebte und treue Gefährtin zugleich.« Er stöhnte schmerzlich. »O Gott, ich möchte ein Kind von dir.«

»Wolli, du sollst doch nicht immer durcheinander trinken«, sagte Chris.

Nebenan schrillte das Telefon los.

»Kann ich meine Hand wiederhaben?«

»Lach nur über mich«, stöhnte Wolli und robbte sich langsam vom Bett. »Gieß deinen Spott über mich aus. Ich habe es nicht besser verdient. Ürgelwürg! Ist mir schlecht!«

Chris ging ins Büro und nahm ab.

Während er sich zum Badezimmer tastete, hörte er ihren erschreckten Laut.

****

Pfeifend und mit glasigen Augen hechelte Lord Pips die Tischplatte an.

»Was heißt das, er ist kollabiert?« Schröder, immer noch nicht besonders gut drauf, kam nun völlig aus der Spur.

»Kreislaufschwäche«, sagte Mencke. »Bei diesen empfindlichen Züchtungen kann das schon mal vorkommen.«

»Er hat sie also nicht gebumst?«

Kopfschütteln.

»Okay.« Wolli wandte sich zum Gehen. »Schicken Sie ihn der Besitzerin zurück.«

»Hehe! Mitnehmen müssen Sie ihn schon.«

»Ich?«

»Sie haben ihn schließlich hergebracht.«

»Da hatte ich auch einen anderen Wagen dabei.« Sprach's und war schon in der Tür.

»Moment!« Mencke schnappte nach dem Hund, bekam ihn in der Eile nur an den Vorderläufen zu fassen und schnitt Wolli den Weg ab. »Mitnehmen, habe ich gesagt.« Dabei hielt er ihm das hektisch zappelnde Fellknäuel hin.

»Wissen Sie, was der mit Autos macht?«

»Interessiert mich nicht.«

»Sie reden wie jemand, der Schonbezüge hat.«

Lord Pips wurde immer länger vom Hängen.

»Ich betreibe eine Zucht und keine Hundepension.«

»Und mein Vectra ist kein Viehtransporter.«

Bevor der Terrier vollends zum Dackel mutierte, nahm Chris ihn an sich. »Ja, schämt ihr euch denn nicht?«

»Daß du mir in den Rücken fällst, war mir klar«, raunzte Schröder und stapfte aus dem Raum.

Sie holte ihn am Wagen ein, wo er seinen alten Trenchcoat aus dem Kofferraum zerrte und über die Rückbank breitete.

»Wie ein Kleinbürger. Ich und mein Auto.«

Wolli ließ sich nicht beirren. »Die Töle kotzt, die Töle flust, und sie stinkt wie ein Schimpanse im Regen. Da werde ich wohl noch Firmeneigentum schützen dürfen.«

»Du bist doch nur sauer, weil Anna ...«

»Das hat nichts damit zu tun!«

Chris stieg hinten ein und drückte den Hund an sich.

»Sobald er sich rührt, halt ihn aus dem Fenster«, sagte Schröder und fuhr los.

Fünf Minuten auf der A 40, und Lord Pips fing an zu würden.

»Äh, Wolli ...«

»Ja?« Sein panischer Blick traf ihren im Rückspiegel.

»Die Fenster hinten kann man nicht aufmachen.«

»Scheiße! Ich kann hier doch nicht stoppen. Halt ihm die Schnauze zu.«

»Mach ich ja. Aber der platzt mir gleich.«

Vom Rückstau bekam Lord Pips schon dicke Backen.

»Drück zu! Vielleicht schluckt er's und ...«

Es spritzte bis auf die Tachometeranzeige.

»Ich hack ihn in Stücke! Ich hack dieses hinterhältige, impotente Vieh in Stücke!«

»Wolli ...«

»Schmeiß ihn raus.«

»Wir sind auf der Autobahn!«

»Mach die Tür auf und schmeiß ihn raus!«

»Ich denk ja nicht dran.«

»Christiane, hinter uns kommt gerade ein ALDI-Laster. Das ist die Gelegenheit.«

»Weißt du, was du bist?«

»Meine Güte, das passiert hier jedem dritten Igel.«

Bis Stoppenberg verweigerte Chris jegliche Konversation.

Schröder vergaß sogar, das Auto abzuschließen, schlug den Handballen auf die Klingel und versteifte den Arm.

»Vielleicht ist Verena noch nicht zurück«, sagte Chris.

»Hat er sein Halsband um? Gut. Dann hänge ich ihn an die Türklinke.«

Allein, das Schicksal hatte sich was anderes ausgedacht. Verena war da. Sie konnte gerade noch zur Seite springen, als Schröder in die Wohnung stürmte.

»Bring dir nur deinen Mastbullen zurück.«

»Oh! Hat er ...?«

»Nein! Hat er nicht! Mach dich auf eine saftige Rechnung gefaßt. Sein Frühstück tropft mir gerade sämig vom Armaturenbrett.« Er öffnete eine Tür, spinste hinein, riß eine andere auf. »Wo ist er?«

»Wer?«

»Grüße Sie, Wolfgang.« Freundlich lächelnd kam Arwed aus der Küche.

Chris versuchte noch, Schröder wegzuziehen. Zu spät.

Was dann passierte, ging ziemlich fix vonstatten. Der Designer wich Schröders Faust aus, die statt dessen eine Ampel mit Judenbart und grünlaubiger Gundelrebe aus dem Blumenfenster holte.

Eine Stehlampe fiel um.

Verena ballte die Fäuste, kniff die Augen zu und kreischte durchdringend.

Noch eine Stehlampe fiel um.

Den zweiten Faustschlag fing Arwed seitlich aus der Luft, packte Wollis Handgelenk und tänzelte zweimal um ihn herum. Etwas knackte ziemlich ekelhaft. Schröder japste nach Luft und ging vor der Couch in die Knie, die Hand aufs Schulterblatt gepreßt.

Sofort war Chris bei ihm. »Wolli, hast du dir weh getan?«

»Bist du denn total übergeschnappt?« keifte Verena los.

»Entschuldigen Sie«, sagte Arwed und zog sein Jackett gerade. »Ich war mal Jugendmeister im Aikido.«

»Kannst du mir erklären, was das soll?«

»Er hat unser Fleisch und Blut angepackt«, blaffte Schröder schräg von unten.

»Wie bitte?« fragte Arwed.

»Jetzt verstellt er sich auch noch. Dabei hat er sie unsittlich angepackt. Unsere Tochter.«

Unter Verenas Rouge lief es zartlila an. »Wer hat das behauptet?«

»Ja, wer schon? Anna natürlich.«

»Oh! Dieses Luder!« Verena knallte ihren Stöckelpumps auf die Solnhofener Bodenkacheln, daß es Funken schlug. »Sie war von vornherein gegen Arwed!«

»Wolli«, sagte Chris und half ihm beim Aufstehen. »Ich hab doch gesagt, sie lügt.«

»Meine Tochter lügt nicht!« Herrisch wischte er ihren Arm zur Seite und kam stolpernd auf die Beine. »Hör auf, mich zu betatschen! Und misch dich gefälligst nicht in meine Familienangelegenheiten!«

Hinter ihm krachte die Tür zu, daß der Schlüssel rausflog und auf den Boden plinkte.

Jetzt, dachte Chris, jetzt ist Schluß.

Das hatte sie nun verdammt nicht nötig.

******

»Herr Korn. Freut mich, daß Sie zu uns gefunden haben.« Eine Hand oben an seiner Schulter, die andere mit Schütteln beschäftigt, schob Stern ihn in sein Büro. »Nehmen Sie Platz. Kaffee? Kleines Schnäpschen?«

Benno lehnte ab. »Ist gut gemeint.« Vorsichtig zwängte er sich in ein blaues Ledersesselchen. Aus der Naht lugte ein *Rolf Benz*, um klarzustellen, daß hier richtiges Geld rumstand. Auch die übrige Einrichtung hatte der Besitzer wohl nicht gerade mit einem Sechskant zusammengeschraubt.

Stern – Ende fünfzig, Fettlocken bis übern Kragen, zwei Siegelringe – setzte sich hinter einen Schreibtisch, faltete die Grabscher und lächelte. Die Gier des Trickbetrügers flackerte hinter seinen Augen. »Sie möchten also eine Dame kennenlernen.«

»Aber etwas Artiges«, sagte Benno. »Wenn's möglich ist.«

»Alles, was Sie wünschen.« Mit großer Geste wies er auf seinen PC. »Von achtzehn bis achtzig, gertenschlank oder Rubensdame, Frauen aus aller Welt. Wir sind per Daten-Highway mit Filialen in fünfzehn Ländern verbunden.«

»Aha. Tja, warum nicht was Ausländisches.«

Wie aus dem Nichts fächerte Stern einen Katalog mit Fotos auf. »Eine Rasta-Göttin aus Jamaika? Oder lieber was Handliches von den Philippinen?«

Benno wiegte den Kopf. »Nichts Auffälliges. Ich will sie ja auch mal mit nach draußen nehmen.«

»Das Ausländer-Minus, jaja. Aber da habe ich genau das richtige für Sie.« Ein anderer Katalog, andere Fotos. »Nehmen Sie eine aus Rußland. Litauen«, fügte er vertraulich hinzu. »Litauen läuft auch sehr gut.«

»Eine Russin?« meinte Benno bartkratzend.

Die Siegelringe machten im Katalog rum. »War nur ein Vorschlag. Wie wär es mit ner Polin? Polinnen liegen im Trend vorn.« Kurzes Senken der Stimme. »Darf ich so unverschämt sein und nach Ihrem Einkommen fragen.«

»Ich fahre Mercedes«, sagte Benno wahrheitsgemäß.

»Als ob ich es geahnt hätte.« Und bekräftigte das mit einem Patscher auf den Tisch. »Es ist nämlich so, russische und polnische Frauen vermitteln wir bevorzugt an den Mittelstand. Sie haben meist eine gute Ausbildung und kommen darum für Prolls nicht in Frage. Die greifen sich auch lieber die Exoten, Thais, Brasilianerinnen. Sogar ne Inderin mitsamt Punkt auf der Stirn hab ich schon besorgt.«

»Wie gesagt, sie sollte möglichst normal wirken.«

»Nehmen Sie ne Polin«, wiederholte Stern. »Die sieht aus wie Ihre Nachbarin und ist ein Leben lang dankbar. Polinnen sind sparsam, häuslich und widerspruchslos.« Er legte die Siegelringe an den Mund. »Und im Bett . . .« Damit formte er mit den Finger ein O. »Da gibt's nichts Besseres als so ne Olga.«

Nur mit Mühe widerstand Benno dem Verlangen, der Fettlocke ordentlich was auf die Lippe zu geben. Ihm wurde plötzlich klar, warum Alice Schwarzer sich immer noch durch eine Talkshow nach der anderen quälte. »Kann ich mir die mal in Ruhe ansehen?«

»Wollte gerade drauf zu sprechen kommen. Gegen eine kleine Schutzgebühr können Sie unser exklusives Live-Video erstehen.« Und schob ihm ein VHS-Band rüber. »Suchen Sie sich etwas Passendes aus.«

»Und wenn mir die später nicht gefällt?«

»Sie gehen keinerlei Risiko ein«, sagte Stern. »Wenn Sie sich für eine Dame entschieden haben, lasse ich sie einfliegen. Zwei Tage später ist sie da. Sie haben dann eine Woche Zeit.«

»Zeit wozu?« Benno stellte sich mal dumm.

»Na, um die Dame zu testen. Sie wollen doch nicht die Katze im Sack kaufen.« Fettes Lachen.

»Ich kann sie also mit nach Hause nehmen? Und, wenn sie mir nicht gefällt, umtauschen?«

»Richtig«, lachte Fettlocke. »Hätten Sie nicht erwartet, was? Mal ehrlich: Ist das ein Service?«

»Ja, und dann?« Irgendwie glaubte Benno immer noch, sich verhört zu haben.

»Testen Sie die nächste. Bis Sie die Richtige gefunden haben.«

Benno atmete schwer aus. »Was kostet denn so was?«

»Geld, Geld ...« Stern winkte ab. »Sie sollten in erster Linie an Ihr Glück denken.«

»So ungefähr nur.«

»Na ja, zweitausend, auch drei. Kommt drauf an, wie schnell Sie sich entscheiden. Das kann man von vornherein nicht sagen.« Er stand auf. »Beim Video laß ich Ihnen zwanzig Prozent nach.«

Um siebzig Mark leichter und den Kopf wie voll Watte, fand Benno sich auf der Straße wieder. So richtig glauben konnte er das Ganze immer noch nicht.

****

»Wills du wohl sitzen bleiben!«

»Ich muß sie anrufen.«

»Sitzen bleiben.« Oma Lene drückte ihn zurück auf den Stuhl.

»Aaahhh!« Rotglühender Stahl fraß sich schmatzend in seine Schulter. Fühlte sich jedenfalls so an. »Sei doch nicht so grob.«

»Bei so wat gibt et nix Besseres als Rotlicht.« Sie zog die Lampe näher an seine Schulter. »Und danach tut Oma da ne schöne Salbe drauf. Solls ma sehen.«

Häme und nichts als blanke Häme im Gesicht, lümmelte Irmchen an der Spüle und nippte an ihrem Kaffee. »Tut weh?«

»Ruf sie an.«

»Ich bin doch nicht dein Bimbo.«

»Irmchen.« Wolli probierte es mit Betteln. »Du bist eine Frau. Auf dich wird sie hören.«

»Da mußt du schon selbst durch.« Leise pfeifend umrundete sie ihn. »Der hat dich aber voll erwischt, was? Würde ich gern kennenlernen, den Typen.«

Ehe Schröder was extrem Gehässiges einfiel, hielt Bennos Auto vor dem Küchenfenster.

Der Dicke kam herein und stoppte verwundert. »Ist was passiert?«

»Bin ausgerutscht«, sagte Wolli.

»Verenas Lover hat ihn voll auf die Bretter geschickt«, petzte Irmchen drauflos. »Worauf Schröder seine Wut an Chris auslassen mußte. Und die hat jetzt gekündigt.«

»Wie bitte?« Der Dicke starrte ihn an.

»Ach was«, versuchte Wolli zu beruhigen. »Das gibt sich schon wieder.«

»Sie meint es ernst. So sauer hab ich sie noch nie gesehen.« Irmchen trank aus und spülte ihre Tasse ab. »Mußte sie in Stoppenberg abholen, weil Schröder sie da sitzengelassen hat.«

»Kaum ist man mal eine Stunde aus dem Haus«, stöhnte Benno. »Schröder!« Die Stuhllehnen knackten gefährlich, als er sich über ihn beugte. »Das bringst du fix wieder in Ordnung, verstehen wir uns?«

»Benno ... ich ...«

»Aber ganz fix!«

»Ja! Ja! Ja!« raunzte Schröder und legte zischend die Hand aufs Schulterblatt. »Du bist wohl noch nie ausgerastet?«

»Doch, bin ich«, donnerte Benno. »Nur, bei dir wird das langsam zur Gewohnheit!«

Wie?

Aha. So war das.

Keiner sagte was.

Irmchen sah von einem zum anderen, dann verschwand sie nach draußen.

Benno atmete geräuschvoll aus und stapfte nach nebenan.

Wolli blieb sitzen und schluckte.

Verdammt. Das hatte der Dicke ernst gemeint.

Er sprang auf, zuckte wie unter einem Axthieb zusammen und verzog das Gesicht. Memme.

Im Wohnzimmer schnappte er sich das Telefon.

Chris ging nicht ran.

»Warum kann ich nicht auch die Schnauze halten?«

»Jedem Narren gefällt seine Kappe«, sagte Benno. Er kniete vor Omas Recorder und fummelte an den Knöpfen rum.

»Okay.« Vorsichtig knöpfte Wolli sein Hemd zu. »Wenn jemand fragt, aber wer sollte schon, ich bin nach Canossa.«

»Warte. Ich hab was mitgebracht.« Benno drückte auf die Fernbedienung.

»Keine Zeit, ich muß mein Glück retten.«

»Warte, hab ich gesagt.«

Auf dem Bildschirm erschien das Logo des *Ehe-Instituts Annabell*, gleichzeitig ölte eine Stimme los. »Sie suchen eine Partnerin? Wir haben sie. Seit zehn Jahren steht unser Institut im Dienste der Liebe.«

»He?« Schröder steckte sich eine Zigarette an.

»Allein im vergangenen Jahr konnten wir über zweihundert Ehen vermitteln. Ein Drittel davon allein mit Damen . . .«

»Damen«, höhnte Benno. »Den hättest du mal O-Ton hören sollen.«

». . . aus Osteuropa. Ihre zukünftige Gefährtin soll aus Polen stammen? Dann lehnen Sie sich jetzt zurück. Und vergessen Sie nicht: Jede kann die Ihre werden.«

»Willst du mich hochnehmen, Alter?«

»Psst.« Der Dicke legte den Finger an die Lippen.

Musik wurde laut. Dann folgte das Foto einer pummeligen Frau im Badeanzug. Darunter stand ZH8379PR12. Fünf Sekunden und eine kleine Laszive guckte in die Kamera, wobei es sich anscheinend um Fräulein KS03871TP69 handelte. »Emanzipation ade«, nölte die Stimme weiter. »Diese Frauen sind noch echte Frauen. Zärtlich, anschmiegsam und bescheiden.« Inzwischen war AL64529BNQ erschienen, ein junges Mädchen, das mit niedergeschlagenen Augen vor einer Palmenstrand-Fototapete hockte.

»Bestellen, vögeln, umtauschen.« Benno setzte ihn über Sterns Service ins Bild und schaltete den Apparat ab.

»Ach, du dicker Schrat«, sagte Wolli. »Und mir hängt man bei jeder Gelegenheit den Chauvi an.« Er drückte seine Zigarette aus. »Trotzdem kapier ich das nicht. Stern verschachert Ost-Bräute, Lemanski geklaute Sportwagen. Wo treffen sich da die Schicksale?«

»In Polen.« Benno steckte das Band ein. »Wagen für den polnischen Markt. Eine Polin mit Civic, die beide Männer kennt. Und Sterns Kontakte dahin.«

»Aber ...« Irgendwas paßte Wolli nicht. »Normalerweise schafft man die Autos noch am selben Tag rüber. Wieso stehen die Porsches noch in Essen und nicht längst in irgendnem Hinterhof in Krakau?«

»Keine Ahnung«, sagte Benno. »Jedenfalls können wir sie nicht länger hier stehenlassen.«

Wolli überlegte nicht lange. »Gut. Stecken wir das den Bullen. Aber anonym.« Schon war er aus der Tür.

»Wolfgang?«

Als er sich umdrehte, stand Benno mit halb erhobenen Fäusten da und drückte beide Daumen.

Im Rückspiegel sah er noch Oma Lene aus der Haustür wuseln und mit etwas winken, was wie eine Tube aussah.

Trotz Baustelle an der Abtei, der üblichen roten Welle und Stopp an einem Blumenstand blieb er bis zur Albrechtstraße unter siebzehn Minuten.

Der Cherry parkte unter den Kastanien, die Haustür war offen.

Mit pochender Schulter und einer Rose im Mund stieg er die Treppe hinauf zum Dachgeschoß. Bei jeder Stufe verrutschte das Pochen mehr in Richtung Herz. Kurzes Durchatmen. Alles klar? Er klingelte.

Einundzwanzig, zweiundzwanzig, dreiundzwanzig.

Sie war nicht da.

Sicher war sie da.

Oder sie war zu Fuß weg. Oder ... Schritte. Dann ging die Tür auf.

»Chris, es tut mir ...«

Knall!

Oh!

Tja. Nun hatte er gewiß nicht mit Freudentränen gerechnet, aber ... Ja, womit überhaupt? Was hatte er sich eigentlich gedacht? Daß sie ihn an den Busen drückte und hurtig das Versöhnungsschlückchen aus der Schrankwand kramte?

Langsam fing der Rosenstiel an, nach Gras zu schmecken. Er legte ihn auf die Matte.

Was jetzt? Einfach gehen?

»Du hast ja recht«, sagte er leise. »Ich bin jähzornig, versoffen, ordinär und ein Versager.« Er fühlte sich plötzlich schlapp und setzte sich auf die Treppe. »Von den anderen Sachen mal abgesehen. Und wenn ich dir verspreche, mich zu ändern, dann glaub man kein Wort. Weil – ich würd's ja doch nicht schaffen.«

Er klopfte seine Jacke nach Zigaretten ab, fand aber nur eine leere Schachtel.

»Soll keine Entschuldigung sein, aber ... Wahrscheinlich geh ich mir selbst auf den Geist und ... na ja, reagier das bei anderen ab. Weißt schon.«

Schräg unter ihm kam eine Nachbarin aus der Wohnung.

»Mitte vierzig, und von der großen Kohle immer noch nichts zu sehen. Glaub nicht, ich fang jetzt mit midlife-chrisis und diesem Geschiß an.«

Mit offenem Mund sah die Nachbarin zu ihm hoch.

Gedankenverloren nickte Wolli ihr zu. »Ich will mich da nicht rausreden. Wahrscheinlich bin ich einfach so. Na ja, ich ... ich wollt's einfach nur mal gesagt haben.«

Die Nachbarin nickte angestrengt lächelnd. Dabei schob sie sich langsam rückwärts in die Wohnung zurück.

»Ich meine, daß ich dich verstehe, irgendwie.«

Rumms! Und hektisch drehte sich ein Schlüssel im Schloß.

»Ich bin auch nicht mehr gern mit mir zusammen.«

Tja. Das war's dann wohl.

Er stand auf. Im selben Moment merkte er den Luftzug. Wolli drehte sich um.

Die Rose war verschwunden.

Christianes Tür stand offen.

******

Sie wartete bis Mitternacht. Ein bißchen Romantik, fand sie, gehörte nun mal dazu.

Beim Zünder hatte sie sich für einen elektrischen entschieden, der auf ein UKW-Signal reagierte. Ein tschechisches Modell aus den Restbeständen von Statni Bezpecnost, dem ehemaligen Geheimdienst der ČSSR. Dafür hatte sie nicht einmal nach Warschau fahren müssen. An jeder Ecke, sogar in Kattowitz, konnte man solche Dinge bekommen. Vorausgesetzt, man kannte gewisse Leute.

Sie kannte eine Menge gewisser Leute.

Stern fuhr ein Jaguar-XJS-Coupé, solide gebaut. Ein Auto, das eine genaue Dosierung erforderlich machte. Sie hatte sich heute noch mal bei einem Händler in Dortmund umgesehen und dabei kundig gemacht, wo der Treibstoffbehälter saß.

Das Päckchen anzubringen war auch bei Dunkelheit kein Problem.

Alles in allem dauerte es keine drei Minuten, bis sie wieder in ihr Auto stieg und losfuhr. Während sie vor einer Ampel hielt, drückte sie seine Nummer ins Handy. Die Ampel sprang auf Grün, als er sich verschlafen meldete.

»Schau aus dem Fenster, Stern.«

»Was? Wer ...? Sind Sie das wieder?«

Ihre Hand tastete nach dem Funkgerät. »Sieh genau hin.«

Die Bandwahl-Taste fühlte sich rund und weich an, als ihre Fingerkuppe sie niederdrückte.

Die Detonation schien ihr den Hörer aus der Hand zu reißen.

»Nein. Nein! Du verdammte Polensau!«

»Hör zu, Stern. Du hast zwölf Stunden, um zu reden. Danach schicke ich dich in die Hölle.«

******

Aus dem Wohnkücheneßzimmer zog ein satter Schwall Kaffeeduft herüber. Die Morgensonne schien, da ihr nichts anderes übrig blieb, durchs Dachfenster. Schaum knisterte.

»Da! Da ist es!«

Chris verschluckte die halbe Ration Mentadent C, mit der sie gerade ihre Dreifach-Prophylaxe anging.

Der, dem sie gestern noch die schwarzen Blattern an den Hals gewünscht hatte, hob die Zeitung aus der Wanne. »*Autodiebstähle gelöst. Die in den letzten Wochen gestohlenen Sportwagen einer süddeutschen Marke* ... Hör dir das an! *Nach Angaben eines Polizeisprechers hatten die Beamten dieses Industriegebiet schon seit langem im Auge.* Hängen sich die Sesselfurzer prompt unseren Siegerkranz um die Schultern.«

»Steht was von Lemanski drin?«

»Der scheint ihrem Auge wohl entgangen zu sein. *Nach dem Besitzer der Halle, Horst L., wird zur Zeit gefahndet.* Genau das hab ich befürchtet. An den kommen wir jetzt nicht mehr ran.« Knurrend warf Wolli die ›WAZ‹ über die Schulter, wo sie auf den Boden flatterte.

»Ahem«, hüstelte Chris.

Eilig hangelte Schröder sich über den Wannenrand und fischte das Teil von den Fliesen. »Ist mir runtergefallen.«

Er lernte bereits.

Eigentlich war er ja doch en Netten. Chris spülte ihren Mund aus und hauchte ihn über die Handfläche an.

Die Arme nach hinten gerissen, klatschte Wolli sich flach gegen die Kacheln. »Diese Frische ...!«

Soviel zur Auswirkung des Werbefernsehens.

Wenn sie Schröders Blick richtig interpretierte, lag darin die Frage: Kommst du noch mal in die Wanne?

»Nein.«

»Ist aber noch warm«, versuchte er es weiter.

Sie ignorierte ihn und deckte den Frühstückstisch.

Kurz darauf hörte sie Wasser gurgeln.

Im Laufen stieg Schröder in seine Hose, kippte und rammte den Schrank. »Mann, ist das eng hier.«

Ach so. War diese Nummer wieder dran.

Er zog einen Stuhl zu sich, wobei er mit einem Regal kollidierte, und fegte beim Hinsetzen fast den Toaster vom Tisch. »Sorry.«

»Für eine Person ist die Wohnung groß genug«, sagte Chris und strich ungeniert Doppelrahm-Quark aufs Brot.

»Ach, eine Wohnung ist das?« Wolli taxierte die Schrägwände. »Und ich hab's für ne Pyramide gehalten.«

»Nochmals nein.«

»Mensch, Chrissi. Bei mir ist jetzt so viel Platz, da kann ich volle Lotte mit ner Vespa durchfahren. Es gibt Zimmer, die hab ich seit Tagen nicht gesehen.«

»Zum Beispiel das, in dem der Staubsauger steht.«

»Hör auf. Ich krieg keine Luft mehr«, maulte Wolli und schaufelte Zucker in seinen Kaffee. »Meine Güte, können wir Spaß machen.«

»Ja, nicht? Ich und du in einer Wohnung? Wenn das kein Brüller ist.«

»Dein Name kommt auch nach ganz vorn aufs Klingelschild.«

»Ullmann-Schröder.« Chris überlegte. »Nur, wenn du meinen Familiennamen annimmst.«

»Ja. Gut.«

»Ehrlich?«

»Ja. Ich mach's.«

»Wolfgang Ullmann.« Sie sagte es noch mal. »Wolfgang Ullmann. Nee, geht nicht. Ist einfach keine Harmonie drin.«

»Ich hätt's gemacht.«

»Christiane Schröder ...« Chris horchte ihrer Stimme nach. »Tut mir leid. Aber wie hört sich das an. Ich will mich doch nicht verschlechtern.«

»Mal im Ernst.« Er riß einen Toast durch und versenkte eine Hälfte im Kaffee. »Wir müssen ja nicht gleich heiraten oder so.« Und verschlang den bräunlich schlappen Lappen.

»Was verstehst du unter gleich?«

»Was versteh ich unter gleich?« Wolli hob die Schultern. »Später, versteh ich darunter.«

»Du hast mir ja noch nicht mal einen Antrag gemacht.«

»Nicht? Oh!« Er patschte die Hand aufs Herz, polterte auf die Knie und robbte auf sie zu. »Gewiß, auf ersten Blick mag Ort und

Zeit nicht passend dir erscheinen. Doch spricht mein Herz, und dräuend bang stell ich die Frage dir. Wollst du, Schönliebchen, mir das Ja-Wort geben?«

»Also eigentlich nicht«, sagte Chris. »Ich bin da nicht so für.«

»Nicht. Hm. Im Augenblick nicht oder niemals nicht?«

»Wolli, können wir nicht einfach wie andere moderne Leute gute Lebensabschnittsgefährten bleiben?«

»Jetzt nicht kneifen.«

Sie seufzte. »Ich bin mir einfach nicht sicher.«

»Quatsch«, sagte Wolli, hopste auf den Stuhl zurück und verging sich an der zweiten Toasthälfte. »Du bist eine Frau. Frauen sind sich darin immer sicher. Ich kenn das aus Romanen.«

»In einem Roman würde ich dich jetzt bitten, mir noch en bißchen was Zeit zu lassen.«

»Schön«, sagte Schröder. »Welche Jahreszahl hast du dabei im Auge? Beginnt sie mit einer zwei?« Kauend beobachtete er ihre Reaktion. »Du, wir werden nicht jünger.«

Seine gelegentlichen Wutanfälle mal außen vor gelassen, hatte sie ihn selten so ernst gesehen. »Wolli. Muß ich das wirklich vor der zweiten Tasse Kaffee entscheiden?«

»Hat Zeit.« Noch immer sah Wolli sie an. »Nur, irgendwann würd ich es gern wissen, Chris.«

»Ich lauf dir doch nicht weg.«

»Da bin ich mir gar nicht so sicher.«

Ich aber, dachte sie. Doch den Teufel würde sie tun, es ihm zu sagen. Diesem Hardcore-Romantiker.

******

Im Regionalteil hatte nichts gestanden. Demnach mußte der Jaguar nach Redaktionsschluß hochgegangen sein. Das Feuer hatte die Hauswand bis rauf in den ersten Stock geschwärzt.

»Lemanski?« überlegte Benno. Oder die kleine Unbekannte aus dem Lande des Großen Elektrikers? Oder nur ein Kurzschluß in der Alarmanlage?

Ehrlich gesagt, war ihm das langsam scheißegal. Nur Theorien, Spekulationen und warme Luft. Hatte Lemanski eventuell wie mit Stern und dennoch warum mit der jungen Frau weshalb oder doch nicht was am laufen? Und wenn nein, wieso denn wohl?

Sie hatten keinen Auftraggeber, wenig mehr als eine Ahnung, worum es eigentlich ging, und erst recht keinen an der Hand, der das alles bezahlte.

»Besser könnte man Wasser pflügen.«

Und er hockte in diesem City-Biergarten und observierte ein Bürohaus. Allein einen Parkplatz in der Nähe zu kriegen, hatte ihn eine halbe Stunde seines Lebens gekostet.

Mit einem Wort, Benno Korn war stinkig.

»Noch einen Tee?« fragte die Kellnerin.

Die Diskussion darüber, was er sich unter Tee vorstellte, vermeidend, nickte er einfach. Gott, der Herr, Oma Lene und ein widerborstiges Karma wollten es anscheinend, daß er sein Leben derart vor die Hunde warf.

Ein Taxi dieselte heran und hielt vor dem Büroklotz.

Interessiert rieb Benno Korn einen Zwanziger aus der Rolle und legte ihn neben die Tasse.

Der Taxifahrer wartete.

Benno Korn wartete.

Die Eingangstür drehte sich. Ohne Eile stieg Stern hinten ein, worauf das Taxi losfuhr.

Benno Korn stand auf und verfiel in einen leichten Trab.

Ab Viehofer Platz klebte er an der Taxe.

Es ging *North by Northwest*. Eine schweißtriefende Hetzjagd quer durch die City, bei der jede Menge jaulende Motoren, Überholmanöver, schreiende Pneus und gegen Wände schleudernde Limousinen völlig fehlten.

Dafür hielt der Diesel kurz darauf tuckernd vor Sterns Haus. Der abgefackelte Briten-Flitzer war inzwischen wohl vom Schrotthändler abgeholt worden. Diese Art von Aufsehen vertrug sich offenbar nicht mit den Geschäften des Instituts.

Stern beugte sich zum Fahrer, um ...

Im selben Moment sah Benno den Civic aus der Seitenstraße schleudern. Vom Heulen des Motors aufgeschreckt, wirbelte Stern herum, sah den heranrasenden Wagen, sprang zur Seite und lief los. Eine Hand schnellte aus dem Fenster des Japaners, ein trockener Knall, Mündungsfeuer.

»Verdammte Scheiße!« Benno trat das Gas durch, daß der Mercedes vorn hochging.

Wie ein verwaschener Pinselstrich schoß der Civic an ihm vorbei.

Er sah noch, wie Stern weiterlief und der Taxifahrer auf die Straße sprang.

Der Japaner jagte bei Gelb über die Ampel, Benno zwanzig Meter hinter ihm.

»Bandenkrieg im Revier!« zuckte es ihm durch den Kopf. Wenn die jetzt auf ihn schoß!

Der Honda bretterte durch die Seumannstraße, mit hundertzehn durch die Unterführung und voll auf die Kreuzung zu. Im letzten Moment schlitterte er nach links, brach aus und jagte weiter. Benno bremste panisch, trotzdem rutschte der Benz bis mitten auf die Straße; ein Laster hupte, rechts kreischten die Reifen eines Kleinwagens . . .

Die Stoßdämpfer rumpelten, als Benno mit Vollgas den Bordstein nahm und ein Stück über den Gehweg holperte. Dann hatte ihn die Straße wieder.

»Bei Thor, dem Hammergott!«

Weit vorn wischte der Civic am Helenenpark vorbei. Bennos Hemd klebte. Gas, kuppeln, vierter Gang, kuppeln, Gas! Da hatte er sie, die Hetzjagd.

Kurz vor der nächsten Querstraße war er auf weniger als zehn Meter ran. Was tun? Überholen, sich davorsetzen? Dann fuhr ihn die Lady womöglich zu Schrott. Was Rotes tauchte rechts auf . . . ziemlich schnell . . . ziemlich groß! Auch die Polin hatte den Truck wohl gesehen; der Honda legte sich schwer auf die linke Seite, trudelte und . . . verschwand hinter dem heranrutschenden Truck; um Zentimeter verfehlte Benno den mannshohen Kühlergrill, riß das Steuer herum, hatte den Flitzer jetzt direkt vor sich.

Der Civic schleuderte nach, kam ins Trudeln, flog wie ein Spielzeug von der Bahn, einen halben Meter hoch, und landete krachend quer auf der Böschung.

Bennos Reifen radierten satte Millimeter auf den Asphalt. Kaum stand der Benz, setzte er zurück.

Eifrig krabbelte die rasante Dame, offensichtlich unverletzt, aus dem Sportwagen und wollte ausbüxen.

Da war Benno vor. Ein Schlag aufs Handgelenk, und die Waffe flog durch die Luft.

»Beeilung, gnädige Frau.« Das Schießeisen aus dem Spitzwegerich grabschen und die Polin auf sein Auto zustoßen war eines.

»Lassen Sie mich los!«

Einen Blick über die Schulter. Ein Volkswagen rasselte vorbei. Entweder hatte der Fahrer nichts gesehen, oder er wollte nicht.

»Los, rein!« Er drückte sie auf den Nebensitz, hielt ihr den Zeigefinger vors Gesicht und stieg aufs Gas, daß die Reifen durchdrehten. Die mußten eh runter.

Mit der Linken drückte er die Trommel aus dem Revolver. Fünf Platzpatronen steckten darin.

»Bitte keine Polizei«, sagte sie schweratmend.

****

»Voll gut, ey!« Gerd-Uwe stand vor der Liste, grienend, die Schneidezähne überm Becherrand.

»Beiß mir nicht wieder Zacken rein«, mahnte Chris und holte sich die Rechnungsmaske auf den Bildschirm.

Die Nachricht, Seine Lordschaft Pippo Edler von Schraffenstatt-Gennebreck habe einen zweiten Schwächeanfall erlitten, hatte unverzüglich Wollis Kreativität mobilisiert. Seit einer Stunde hing eine Wettliste an der Wand: *Kommt der Kotzer durch?*

Schlürfend kritzelte Gerd-Uwe seinen Namen unter *Nein, kommt er nicht.*

»Wie? Du als Mutter hast keine Ahnung, wo unsere Tochter steckt?« Ein schnurloses Telefon am Ohr, stampfte Schröder aus seinem Zimmer, ging zur Dunkelkammer und tauchte halb ein. »Warum? Weil ich ihr eine schallern werde, daß ihr der Eyeliner auf die Backen staubt!« Rumsend flog die Kühlschranktür zu. Es zischte, dann folgte ein ausgiebiges Gluckern. »Du hast das Balg nicht im Griff.« Donnerndes Rülpsen. »Ach, nein. Wie buchstabierst du denn Erziehung?«

»Iss staak, wa?« grinste Gerd-Uwe.

»Hammerhart«, sagte Chris. Mit Abstand war ein schnurloses Telefon die vordringlichste Investition in diesem Büro. »Und so außerordentlich praktisch. Jetzt kann Wolli vom Klo aus die Pollenflugvorhersage anrufen. Oder den Seewetterbericht.«

Sie schrieb es dem morgendlichen Gespräch zu, daß er Gerd-Uwe das Ding großzügig abgekauft hatte. Oder sollte gar Eitelkeit im Spiel sein?

Also. Anschrift: Horst Lemanski ... Schickte sie die Rechnung nun an die alte Adresse oder gleich an die Staatsanwaltschaft? Egal. Ordnung mußte sein.

»Hund noch am Leben?« fragte Gerd-Uwe in Schröders Richtung.

Chris entschloß sich, die Mahngebühren gleich mit zu berechnen, und setzte fünfzig Taler als Sonstige Nebenkosten ein.

»Und was deine kotzende Töle anbelangt ...«

Sah immer noch nicht gut aus. Also erhöhte sie die Einsatzstunden um dreißig Prozent, verdoppelte die Wagenpauschale und erfand eine Risikozulage in unverschämter Höhe. Schon besser.

»Du willst mich verklagen?« blaffte Schröder. »Jetzt werden wir aber verdammt albern.«

Das machte dann unterm Strich drei sechs. Womit nach Abzug der Vorauszahlung sechs Blaue blieben, die sie unter »Uneinbringbare Forderungen« von der Steuer absetzen konnte. Sollte keiner sagen, der Buchführungskurs in der VHS hätte sich nicht gelohnt.

Im Treppenhaus rumste was. Die Tür flog auf, und Benno schob jemanden herein. »Tach auch.«

Wollis Telefonhand blieb in der Luft hängen.

Chris schluckte zweimal.

Gerd-Uwe guckte scheel.

Ein paar Sekunden war es so was von still.

Dann machte Schröder einen Schritt nach vorn.

»Wir sollten jetzt auf keinen Fall unsere gute Erziehung vergessen«, sagte Benno und stellte sich zwischen ihn und die junge Frau. Er warf einen Paß auf den Tisch.

Chris hatte ihn noch nicht aufgeschlagen, als sie schon Schröders gierigen Atem im Nacken spürte. »Irena Mikolajczyk, Jahrgang 64, derzeitiger Wohnort Katowice.« Das Foto war so neu wie die ganze Pappe. Hinten befand sich nur ein Eintrag, der des deutschen Zolls am Frankfurter Flughafen.

Mit behenden Worten setzte Benno sie von Jaguar, Schreckschuß und Verfolgungsjagd in Kenntnis. »Ich bin sicher, Frau Mikolajczyk wird sämtliche Mißverständnisse aufklären«, sagte er und bot ihr höflich einen Stuhl an.

Danach sah es allerdings nicht aus.

Die Polin blieb stehen, stemmte die Hände in die Hosentaschen und sah mit stolz zurückgeworfenem Kopf einen nach dem anderen an. Als sie bei Wolli angelangt war, meinte Chris ein leichtes Grinsen zu entdecken.

»Ja, was ist?« Scheppernd landete Schröders Bierdose im Papierkorb. »Ich hör nix.«

»Dlaczego?«

»Jetzt komm mir nicht so!« Schröder drängte sich am Dicken vorbei, bis er zentimeterdicht vor ihr stand. »Vor zwei Tagen hast du noch deutsch gesprochen wie ne Oberlehrerin.«

Genausogut hätte er die Kaffeemaschine anbellen können. Im Gesicht der Mikolajczyk regte sich kein Muskel. »Prosze mnie zostawic w spokoju.«

Ehe Schlimmeres geschah, klingelte es.

Gerd-Uwe drückte auf den Öffner und hängte sich neugierig übers Geländer. Sekunden später kam er ins Zimmer geflitzt. »Bullen! Ganzen Flur voll!«

Wolli schnappte sich die Polin. »Halt sie auf, Chris!«

»Ich? Ja, wie denn?«

»Laß dir was einfallen.«

Aufhalten. Aha.

Schon rannte alles durcheinander, Türen knallten, jemand rutschte aus, ein anderer fluchte, kam zurückgerannt, verschwand woanders. Handlungsbedarf entstand.

Chris tat das erste, was ihr in den Sinn kam.

Sie war noch nicht auf dem Treppenabsatz, als drei Schultern unter ihr auftauchten. Zwei davon grün gewandet, die vorderste im Hahnentritt-Sakko.

»Huch«, machte Chris gehetzt, wobei sie mit einer Hand ihre Bluse zuknöpfte und mit der anderen durch die Haare fuhr. »Da war ich jetzt nicht drauf gefaßt.«

»Ist Herr Schröder da?«

»Gewiß. Wir waren gerade ziemlich ... ich meine, er ist ziemlich beschäftigt.«

Zwei Beamtengesichter grinsten speckig.

Wie nebenbei zeigte das Hahnentritt-Sakko seine Marke. »Hauptkommissar Schmittke, Kripo Essen.« Und schob sich in die Wohnung.

»He!« Sie überholte ihn und stellte sich vor sein Schnauzbärtchen. »Haben Sie einen Durchsuchungsbefehl?«

»Gefahr im Verzug.« Er drückte sie beiseite.

Drückte sie beiseite! Faßte sie dabei an! Mußte das bestraft werden? Aber voll.

»Schmittke?« Chris machte große Augen. »Ey, Mensch! Wir kennen uns doch.«

»Nicht daß ich wüßte.« Sein Kopf zuckte nach rechts, nach links.

»Nun tu doch nicht so. Klar kennen wir uns«, giggelte Chris und boxte ihm vors Revers. »Ausm Babsi-Club. Ey, komm.« Und lachte schmierig.

Einer der Bullen schnappte Luft wies Bobbele beim *break*.

Hauptkommissar Schmittke wurde starr. »Was? Wie?«

»Die blonde Chrissi«, hakte sie nach, und vertraulich leise. »Blau-er Tan-ga, Po frißt Hös-chen. Na? Kommt's dir? Bekannt vor?«

Der zweite Bulle unterdrückte ein Prusten.

An Schmittkes Schläfe pumpte sich eine Ader voll.

So viel stand fest. In den nächsten sechs Wochen würde sich der Herr Hauptkommissar nicht mehr in die Polizeikantine trauen.

»Das ... das ist Mobbing«, keuchte er und fuhr herum.

Schlagartiger Ernst versteifte die Gesichter der Grünen.

»Alles durchsuchen! Jeden Raum, jeden Schrank.« Und zu Chris: »Das hat Konsequenzen. Verlassen Sie sich darauf.«

»Mit Sicherheit«, sagte Chris und schob sich betont unauffällig vor die Dunkelkammertür. »Schon mal was von Hausfriedensbruch gehört? Was soll das eigentlich werden?«

»Heute nachmittag wurde auf einen gewissen Ottmar Stern geschossen. Ein Taxifahrer hat sich dabei das Kennzeichen eines Ihrer Wagen gemerkt.«

»Wir schießen nicht auf Leute.«

»Habe ich auch nicht behauptet. Nach Aussage von Herrn Stern handelt es sich bei der Schützin um eine gewisse Irena Mikolajczyk.« Schmittke riß den Küchenschrank auf, als erwarte er die Polin zitternd hinter der Zuckerdose.

»Mikolawerbitte?«

»Kommen Sie, kommen Sie. Sie waren doch nicht zufällig am Tatort. Haben Sie die Frau beschattet?«

»Tja ...« Chris plusterte die Backen auf. »Wissen Sie, wir beschatten täglich so viele Leute ...«

»Gehen Sie da mal weg.« Schon war der Kommissar an der Dunkelkammertür. »Was ist da drin?«

»Da? Ach ... nichts.« Frau Ullmann lächelte schnell.

Ein Ruck, und die Tür war offen.

»Verdammt noch mal!« bölkte Schröder. »Was steht auf der Tür? He?« Er stürmte heraus, packte Schmittke und drückte ihm die Nase aufs Schild. »Dunkelkammer, steht da. Und was darf man nicht bei Dunkelkammern? Man darf sie nicht ...?«

Christiane räusperte sich. »Der Herr ist von der Kripo.«

Schmittke, einem Tobsuchtsanfall bedenklich nah, riß sich los. »Hinsetzen! Beide!«

»Zu Befehl, Sturmbannführer.«

»Da ist ein Polizist auf dem Klo«, sagte Benno beim Reinkommen.

»Hinsetzen! Und Sie auch!«

Das galt Gerd-Uwe, der mitsamt Becher hereinschlakste.

»Ihre Ausweise!«

Während die Polizisten Chefbüro, Dunkelkammer und Küche durchsuchten, kontrollierte der Kommissar Angaben, Zahlen und Fotos und notierte anschließend Bennos Aussage.

»Zwei Straßen weiter hab ich sie dann verloren«, endete der Dicke. »Die ist ja gefahren wie der Gottseibeiuns.«

Erheblich mehr Mühe bereitete es Wolli, die ganze Geschichte zu erzählen, ohne sie ganz zu erzählen. Wobei ihm der Punkt *Entdeckung der gestohlenen Porsches sowie Tip an die Polizei* eine mehrmalige Wiederholung wert war.

Schmittke war sauer, aber sichtlich beeindruckt, was ihn noch saurer machte. »Wollen Sie damit sagen, Herr Stern sei in diese Diebstähle verwickelt?«

»Wow!« machte Wolli und stieß Benno an. »Da bin ich ja noch gar nicht drauf gekommen.«

Womit endgültig Schmittkes persönlicher Siedepunkt erreicht war. »Was für eine Geschichte wollen Sie mir da eigentlich verkaufen? Ihnen ist wohl nicht klar, daß ich Sie alle und auf der Stelle festnehmen kann.«

»Können Sie nicht«, sagte Wolli. »Oder liegt gegen einen von uns dringender Tatverdacht vor?«

»Sie . . . Sie . . .«

Unterdessen durchsuchte der Pruste-Bulle das absolut ratzekahle Eßzimmer, während sein Kollege es mit Wollis Schlafgemach versuchte.

»Moment!« Chris schnellte vom Stuhl. »Da können Sie nicht rein.«

»Durchsuchen«, schnauzte der Kommissar.

»Jetzt heißt es Mut haben«, grinste Benno.

Der Grüne stieß die Tür auf. »Du lieber Himmel.«

»Sehen Sie sich bitte nicht um«, flötete Wolli. »Ich bin noch nicht zum Aufräumen gekommen.«

Dem Bullen wirbelte es um die Hosenbeine. Wollmäuse waren nun mal die einzigen Tiere, die bei Schröder eine Überlebenschance hatten. Der Grüne stakste langbeinig über Hingeworfenes.

Kooperativ öffnete Benno ein Fenster. »Vielleicht hängt Ihre Polin an der Regenrinne.«

»Oder hier.« Schröder schlug die Bettdecke ein Stück zurück. »Wollen Sie nicht mit dem Bajonett reinstechen?«

Schmittkes Kiefermuskeln mahlten.

Sie sahen im Schrank nach, unterm Bett, draußen auf der Fensterbank und klopften die Wände nach Hohlräumen ab. »Nichts, Herr Kommissar.«

»Mit Ihnen bin ich noch nicht fertig«, fauchte Schmittke. Sprach's und rauschte aus der Wohnung.

Er war noch nicht draußen, als Gerd-Uwe meinte: »Staak. Dachboden haben se vergessen.«

Auf dem Absatz machte die Rotte kehrt und stürmte zum Dachboden hoch. Rumoren setzte ein.

Zehn Minuten später kamen sie zurück, mit Schmierstreifen im Gesicht und biestigen Augen. Ohne sie eines Blickes zu würdigen, stolzierte Schmittke an ihnen vorbei. Ein Spinngewebe flatterte ihm frech am Ohr.

Vorsichtshalber warteten sie mit Lachen, bis unten die Haustür ins Schloß rumste.

»Daß ich das erleben darf«, gackerte Schröder. »Die Jungs lassen aber auch wirklich keinen Wunsch offen.«

»Ein IQ wie en Mohnbrötchen.«

Benno schlug die Bettdecke vollends zurück. »Sehen Sie uns bitte die unwirtliche Zuflucht nach.«

Die Mikolajczyk war grün wie ne Tomate, als sie aus dem Bett stieg.

Chris trieb eine Flasche mit farblosem Inhalt auf und goß ihr ein Gläschen ein.

»Danke«, sagte die Polin, nahm ihr die Flasche ab und setzte sie an den Mund.

»Aber hallo!« Voll ehrlicher Begeisterung registrierte Wolli ihre unermüdlichen Kehlkopfbewegungen.

»Redet deutsch«, bemerkte Gerd-Uwe.

Außer Atem setzte sie ab. »Entschuldigung.«

Schröder nahm ihr die Flasche ab und probierte ein Schlückchen. »Jau. Der ist ehrlich.«

Bevor die Situation völlig entartete, brachte Chris den Scharfdestillierten wieder an sich.

»So«, sagte Wolli. »Nachdem gnädige Frau zum landesüblichen Idiom zurückgefunden haben, erwarte ich eine Geschichte.«

»Hoffentlich wird Ihnen die Zeit nicht zu lang«, sagte die Mikolajczyk und wandte sich zum Gehen.

Schröder flankte durch den Raum und blockierte breitschultrig die Flurtür. »Ich muß darauf bestehen.«

»Was Sie da vorhaben, ist Freiheitsberaubung.«

»Es steht Ihnen frei, die Polizei anzurufen.«

»Wolli«, sagte Benno leise. »Ich hoffe, du weißt, was du tust.«

Chris fühlte große Schwierigkeiten auf sie zukommen.

****

Es war albern. Wie so manches, was Wolfgang Schröder tat.

Über den Hinterhof führten sie die Polin durch den Flur vom Nachbarhaus und von da aus über einen weiteren Hof zur rückwärtigen Straße, wo Chris konspirativ mit dem Vectra wartete.

Benno kam sich relativ bescheuert vor.

Die Mikolajczyk sagte kein Wort. Sie spuckte, schrie oder trat aber auch nicht.

Nach einigem Hin und Her verzichtete Schröder – »Das ist eine professionelle Flucht. Noch nie le Carré gelesen?« – darauf, ihr die Augen zu verbinden.

****

Oma Lene, Hilde Werntjes und Selma Butgereit saßen unter der Kastanie, ratschten über die Nachbarschaft und ließen es sich bei Kaffee und Schaumschnitten gutgehen.

»Wir bleiben wohl besser außen vor«, sagte Chris und lenkte den Wagen zwischen einem aufgebockten Jeep und einem Taxi ohne Türen in Hannes' Scheune.

»Und mach das Tor zu«, zischte Schröder.

Benno stieg aus und ging über den Hof. Wobei er die Augen der alten Frauen förmlich auf der Haut spürte. Längst hatte am Kaffeetisch fiebrige Neugierde den Klatsch verstummen lassen.

»Naaa?« fragte Hilde Werntjes.

»Hannes muß mal die Kupplung von Schröders Auto nachsehen«, meinte Benno.

»Für einen Moment dachte ich, da hätte noch jemand drin gesessen.« So schnell entging Selma Butgereit nichts.

»Oma«, sagte Benno. »Ich will nicht stören, aber kannst du mir vielleicht mit fünfzig Mark aushelfen?«

Oma Lene hatte bisher nichts gesagt, nur zur Scheune geguckt. Jetzt sah sie ihn an, fleischgewordenes Mißtrauen. »Na, dann komm ma mit.«

Im Haus zog Benno die Tür hinter ihnen zu. »Das mit den fünfzig Mark war gelogen.«

»War mir klar. Und?« Sie legte den Kopf schräg.

»Du mußt jemanden vor der Polizei verstecken.«

»Jesus und . . .!«

»Psst«, machte Benno und zog sie in die Küche.

Inzwischen hatten Wolli und Chris die Polin durch die Hintertür ins Haus gebracht.

»Ein Mädchen?«

»Irena Mikolajczyk, Oma Lene«, stellte Chris vor und erklärte Oma kurz, worum es ging. Ohne sich allzusehr in Details zu verlieren.

»Nee! Ohne mich!«

»Oma«, bettelte Schröder.

Es dauerte eine Weile, bis Oma Lene sich breitschlagen ließ.

Schließlich, meinte Benno, hatte sie im Krieg auch schon polnische Zwangsarbeiter versteckt.

»Ist doch für die Gerechtigkeit«, hakte Wolli nach.

Oma seufzte schwer. »Ihr seid mir vielleicht welche.«

»Und was zu essen wäre bestimmt auch nicht schlecht.«

Derart motiviert fing Oma Lene an, Graupensuppe aufzuwärmen. »Sie mögen doch Graupensuppe, Frau Milowitsch?«

»Mikolajczyk, Oma.«

»Ach wat.«

Zum ersten Mal zeigte sich so was wie ein Lächeln auf dem Gesicht der Polin. Es verschwand, als Wolli ihren Paß einsteckte.

»Gibt ein prima Fahndungsfoto ab«, sagte Schröder. »Für den Fall, daß Sie einen längeren Spaziergang planen, ohne uns Bescheid zu sagen.«

»Was haben Sie vor?«

»Tja, wenn Sie uns nicht helfen, wenden wir uns halt an Stern.«

****

»Ah ja.« Sekundenlang verschwand der Dicke hinter einer beizenden Tabakwolke. Schließlich schien er seinen Ofen unter Kontrolle zu haben. »Und wie willst du Stern dazu bringen?«

»Weiß nicht. Ich denk noch dran rum.« Wolli ließ seinen Blick durch die *Hubertusstuben* schweifen.

Gerd-Uwe schmatzte sein Bier weg. »Vor Fresse hauen.«

»Du weißt, ich verabscheue Gewalt«, sagte Wolli und hielt drei ausgestreckte Finger in Brunos Richtung.

»Wenn Schmittke rauskriegt, daß wir diese Räuberbraut verstecken ...« Den Rest ließ Benno offen. »Falls die jetzt Mist baut, zieht sie uns voll mit rein. Ich meine, wir haben sie schließlich nicht angepflockt.«

»Die haut nicht ab. Nicht ohne Paß.« Wolli zog die letzte Zigarette aus der Packung. »Ich frag mich nur, warum sie nicht redet.«

»Sie traut uns nicht«, sagte Benno. »Kann ich ihr auch nicht verübeln. Was weiß sie schon von uns?«

»Was wissen wir von ihr? Daß sie Autos verschiebt, rumballert und Brandanschläge hinlegt, als hätte sie nen langjährigen Brieffreund in Belfast.« Wolli räumte die leeren Gläser ab. »Bißchen helfen, gell?«

Sein Blick trieb der Kellnerin den Blutdruck bis unter die Augenbrauen. »Oh, das ist sehr lieb.« Wenn man wollte, konnte man ein Angebot heraushören.

Schröder wollte nicht. »Neu hier?«

»Seit gestern.« Faltergroße Wimpern flatterten. »Ich heiße Moana.«

»Ist nicht wahr.«

»Es bedeutet, die Unendlichkeit der Meere.«

»Ich heiße Wolli«, sagte er. »Das bedeutet Wolfgang.«

Sekundenlang hing ihre Mimik mit einer Hand am Abgrund. Was dem an Lächeln folgte, erinnerte Schröder an Fotos von Hannelore Kohl beim Bund Deutscher Hirngeschädigter. Da hatte er mal eine Frau auf seiner Seite, und dann so was.

Dem Dicken knisterte noch der Bierschaum im Bart, da ging an der Theke die Post ab.

»Nicht einen Handschlag arbeiten, aber dicke Wagen fahren und morgens schon bei Karstadt im Erfrischungsraum hocken. Und wovon? Von meinen Steuern.« Der lautstarke Papi ging gut auf die Fünfzig zu, steckte in einem blau-weiß-gelb gemusterten Freizeitanzug und hatte die Haare von links überm Ohr bis nach rechts hinterm Ohr geklebt. Auf der Tresenplatte vor ihm lag ein Gelenktäschchen.

Schröder richtete sich auf.

»Also, ich hab noch keinen Asylanten mit Testarossa gesehen«, sagte Hartmut Meier, seiner Konfektionsgröße wegen auch Grizzly Meier genannt. »Ist meine Meinung«, fügte er hinzu.

Und Alfons Endlein: »Die kommen doch gar nicht mehr rein. Seit die SPD ... der Scharping, ne, der davor ...«

»Ich sach immer ...«, fing Schwatten Krause an.

»Blödsinn.« Anscheinend hatte der Gemusterte nicht vor, sich von Argumenten bremsen zu lassen. »Vollen Sozialhilfesatz kriegen die. Fürs Rumfläzen und Vögeln. Die brauchen doch nur zu erzählen, sie würden politisch verfolgt. Politisch! Die können ja nicht mal ihren Namen schreiben.«

»Iss Zeit«, sagte Wolli und spürte im selben Augenblick Bennos Hand auf der seinen.

»Wolfgang?«

»Was ist denn? Ich hab keine Zigaretten mehr.« Rutschte aus der Bank und ging zur Theke.

Ein Blick kann bekanntlich vieles sagen. Brunos Blick sagte ganz deutlich: Nicht hauen, Schröder! Laß mir die Bude ganz!

Einen Atemzug lang sagte keiner was. Der mit der Tagesdekkenfrisur streifte Wollis Dreitagebart mit flüchtigem Blick.

Schröder lächelte scheu. »Bitte mechten Birr.«

Kollektives Atemanhalten.

»Und bittscheen kroßkawatsch marlboronow, äh ... Pocket of Marlboro.«

»Ach nee«, sagte Papi und drehte sich zu ihm. »Wenn man vom Teufel spricht.«

Schröder grinste scheu und friemelte an seinen Fingernägeln rum.

»Wo kommst denn du weg?«

»Baldeneyer Säh.«

»Vom Baldeneysee, soso. Asylantenheim?«

Wolli nickte wie ein Spielzeugäffchen. »Deutschland, serr scheen Land. Vill reich.« Er nahm sein Pils, wollte trinken.

Noch in der Bewegung schnappte der Freizeitanzug seinen Arm und drückte das Glas zurück auf den Tresen. Bier schwappte über.

Die Stille war so kompakt, daß man sich dagegenlehnen konnte. Brunos Lippen bewegten sich stumm. Wahrscheinlich rief er sich gerade die Telefonnummer seiner Versicherung ins Gedächtnis.

»So weit kommt es noch, daß ich neben einem Kameltreiber mein Feierabendbier trinken muß.« Damit packte er Schröders Arm und ... Was immer er auch damit vorhatte, es blieb ein frommer Wunsch.

Wollis Hand fuhr hoch, daß der Kerl ängstlich zurückwich. Dann hatte er die andere am Hals. »Wie steht's, Adolf? Magst du dein Nasenbein?«

»Hhmm!« Heftiges Nicken.

»Na, siehst du«, sagte Wolli, nahm mit der freien Hand das Täschchen und stopfte es ihm in die Freizeitjacke, die grellgemusterte. »Sei froh, daß ich Achtung vor dem Alter hab. Sonst würden wir zwei mal ein bißchen an die Luft gehen. Stänkert über Ausländer und kann sie nicht mal von nem Deutschen unterscheiden.«

Er gab ihm einen Schubs, daß Papi mit rudernden Armen durch den Raum stolperte und gegen einen Tisch rumste.

»Raus!« bellte Schröder. »Aber ratz fatz!«

Hurtig schob sich der Papi an der Tischkante entlang und war mit einem Satz aus der Kneipe.

»Mann, ist das hier en Bums geworden«, sagte Wolli. »Du bedienst aber auch wirklich jeden, Bruno.« Fischte einen Fünfer aus der Jacke, zog seine Zigaretten und ging zum Ecktisch zurück.

»Stern«, sagte Benno, als wäre er nicht weg gewesen. »Stern ist der einzige, der über unser Irena Bescheid weiß.«

»Rechner«, griente Gerd-Uwe fröhlich.

»He?«

»Hass gesacht, hätt Rechner.«

»Ja, und?« fragte Benno.

»Zapfen wir an.«

******

Eine halbe Stunde später schraubte Gerd-Uwe an Asbach rum, schloß ungefähr achthundert Meter Kabel in allen Farben nebst einem Adapter an und ließ klackend das System hochbooten. Schließlich kam der Telefonhörer auf den Adapter, und los ging's.

Ging aber nicht. Bei jedem Versuch kam eine Fehlermeldung. »Hatn Code. Muß ich knacken.«

»Wehe, der merkt was«, sagte Wolli und holte sich ein Pils. »Ich nagel dich an die Bürotür.«

Drei Dosen später, oder nach Bennos Zeitrechnung eine halbe Kanne Borengajuli-Assam, keuchte Gerd-Uwe. »Habn!«

Der Computer auf der Gegenseite begrüßte ihn als *user* und gab ihm ein Menü frei.

»Kontokorrentkonten?« las Benno verwundert.

Wolli drängte sich dazwischen. »Wieso das? Was heißt denn hier oben PB?«

****

Alle Türen waren offen. Es gab keine Schlösser, keine Riegel, nichts. Ein dutzendmal hätte sie einfach aus dem Haus spazieren können, durch den Wald und ... Und dann? Dieser Hurensohn von Schröder hatte ihren Paß und ihr Geld. Was sie in den Hosentaschen fand, reichte nicht mal für eine Straßenbahnkarte. Natürlich konnte sie trampen. Doch das gab alles keinen Sinn mehr. Hätte der Dicke sie nicht geschnappt, wäre Stern jetzt weich. Aber so versteckte er sich hinter dem Rücken der Polizei.

War es besser, Schröder alles zu sagen? Sie wußte nicht, wie er und seine Freunde reagieren würden. Besser gesagt, was sie konkret unternehmen würden. Und hier schloß sich der Kreis wieder. Das alles war nicht Sache dieser Leute, sondern allein ihre. Und nur sie konnte sie zu Ende bringen.

»Christiane, komm. Setz dich. Schon gefrühstückt?«

Sie hatte nicht gemerkt, daß die kleine Blonde hereingekommen war und nun in der Küche stand, sie fragend ansah.

»Gut geschlafen?«

Sie nickte nur und sah demonstrativ aus dem Fenster.

Die alte Frau war wirklich rührend, wie sie der Ullmann Kaffee eingoß, ein Frühstücksbrettchen hinschob.

Den ganzen Abend hatte Oma versucht, ein Gespräch mit ihr anzufangen. Irena war schweigsam geblieben, obwohl sie ein schlechtes Gewissen dabei hatte. Später war die Ullmann noch einmal gekommen, um ihr Wäsche und Toilettenartikel zu bringen. Die Männer kamen nicht. Was Schröder wohl vorhatte?

»Noch Kaffee da?« Wohlig knurrend schlurfte nun der Dicke in die Küche. »Morgen. Na, wie war die Nacht?«

Schlecht, wollte sie sagen, schwieg aber. Das Bett war zu weich gewesen, die Dachkammer zu stickig. Zweimal war sie aufgestanden und hatte vom Fenster auf die mondbeschienene Landschaft gesehen. Ein Vogel in einem Käfig ohne Tür.

»Nein! Aber hundertprozentig nein!«

Verwirrt sah sie auf.

Die Ullmann schüttelte heftig den Kopf. Aus Korns Haltung war zu erkennen, daß er ihr etwas zugeflüstert hatte.

»Ihr seid doch nicht gescheit. Da war wohl ne Menge Alk im Spiel, was?«

»Chris. Mich oder Schröder können wir abhaken. Das muß jemand machen, der sich in solchen Sachen auskennt.«

Was zum Teufel heckten die da aus?

»Schickt doch Gerd-Uwe.«

»Ach«, winkte der Dicke ab. »Gestern abend hat er versucht, übers Telefon in den Kasten zu kommen.«

»Und?«

»Sein Handicap war, es gibt keine Telefonleitung zu Sterns Computer. Was der mir erzählt hat, war alles Luftgepupse. Standleitung in fünfzehn Länder. Pah.«

Sterns Computer?

»Ja, weiter. Erzähl«, drängte die Ullmann.

Korn warf einen schnellen Blick über den Tisch und gluckste dann, daß die massigen Schultern bebten. »Gerd-Uwe ist wirklich so schlimm wie sein Ruf. Anscheinend hat er sich einen Zahlendreher erlaubt. Jedenfalls war Asbach zehn Sekunden mit dem Zentralcomputer vom Postscheckamt verbunden.«

»Ihr eßt ja gar nich.« Oma kam mit frischgeschnittenem Brot zum Tisch. »Frau Milowitsch, greifense zu.«

»Trotzdem.« Wieder schüttelte die Ullmann den Kopf. »Da mach ich nicht mit.«

******

Komisch! Schröder hatte überhaupt noch nichts Dolles gebracht. Paar Erkenntnisse gesammelt, okay. Aber wer hatte denn die Porsches gefunden und wäre dabei um ein Haar von Lemanski erwischt, gefoltert und in Stücke geschnitten worden, um in einem Betonfundament zu enden? Sie, Chris Ullmann.

Und wer hatte, ohne eine Sekunde zu zögern, den Dienst im Kampf um das Verbrechen höher als körperliche Unversehrtheit gestellt und die kleine schwarze polnische Kriminelle geschnappt? Nach einer Verfolgungsjagd, die nachzustellen jeden halbwegs gescheiten Vorabendserien-Produzenten hätte zum Rotstift greifen lassen? Benno Korn.

Aber Schröder? Fuhr mal ein bißchen hinterher, unterhielt sich hier mit dem lieben Gott und plazierte sich dort so sturzbekloppt, daß er kein Wort von dem mitkriegte, was der schmierige Blondzopf mit dieser trinkfesten Kratzbürste zu beschnacken hatte.

Und jetzt hatte sie wieder den Ball.

»Wie gut, daß es Christiane gibt.«

Mußte, konnte, durfte sie jetzt stolz sein?

»Bleib gerecht«, sagte zart eine Stimme in ihr. *»Du selbst bist es doch, die nur allzugern die warme Stube gegen das Prickeln des Abenteuers eintauscht. Beklage dich also nicht. Sieh es als Herausforderung.«*

»Na ja.« Chris bremste den spotzenden Cherry vor einer Ampel ab und ließ ihren Arm aus dem Fenster hängen. »So kann man das natürlich auch sehen.«

»Gesülz, Gesülz«, bratzte eine andere Stimme. *»Du machst die Drecksarbeit, ist doch so. Wo wär Schröder denn ohne dich? He? Soll ich's sagen? Ja? Willst du's unbedingt hören?«*

»Nun streitet nicht, ihr beiden«, sagte Chris. »Jede von euch hat recht, örgendwie.«

Im Wagen neben ihr verrenkte der Fahrer den Hals. Als er sah, daß sie allein war, suchte er nervös ihren Blick.

»Was guckt der so blöd?« dröhnte Chris, ohne die Lippen zu bewegen.

Der Typ schluckte, schaltete und ging wie der Teufel aufs Gas.

»Kerls.« Womit sie das Thema bis auf weiteres vertagte und schon mal nach einem Parkplatz Ausschau hielt.

Bürozeit bis siebzehn Uhr.

Chris wartete bis sechzehn Uhr achtundfünfzig, klopfte kurz und trat ein. »Guten Taaag.«

»Tag.« Ein verwirrter Sekretärinnenblick stach sie. »Wir schließen gleich.«

»Ich komme auch nur wegen ... weil ... Hehe.« Räuspern.

Vom obersten, keck hochstehenden Stachelhaar bis zu den bequemen Halbschuhen wurde sie abgerastert. »Wie bitte?«

»Na ja, Sie vermitteln doch Damen.«

Mittelstarkes Seufzen. »Stimmt.«

»Sehen Sie.«

Die Herrscherin der Höhle fing schwer zu atmen an. »An Herren. Nur an Herren!«

»Oh! Wirklich? Wie dumm.«

»Wenn Sie mich nun entschu ...« Leider werden wir nie erfahren, wie dieser Satz endete, weil nun die Tür aufflog.

»Korn, mein Name.« Aus zwei Meter Distanz flog das Videotape auf den Schreibtisch, wo es über die Platte schlitterte, knapp an einem Väschen mit Seidenrose vorbei, und in hastig abwehrenden Händen landete. »Ich möchte gern mein Geld zurück.«

»Was erlaub ...« Wieder so ein Satz.

»Auf der Stelle.« Schnaufend pumpte Benno Luft. »Siebzig Mark für ein paar Bilder. Ja, schämen Sie sich denn nicht?«

»Ich weiß überhaupt nicht ...«

»Ist Herr Stern da?« Und stapfte in Richtung Büro los.

»Warten Sie!« Wie ein Kastenteufel war sie vom Stuhl und an der Tür. »Sie können da jetzt nicht rein. Ich ... äh, ich spreche mit dem Chef. Warten Sie hier.«

»Tja, ich geh dann mal«, sagte Chris.

»Tun Sie das.« Zerstreutes Lächeln, zaghaftes Klopfen. »Herr Stern?« Und schlüpfte ins Chefbüro.

»Auf geht's.« Benno öffnete einen Abstellraum, der bis zur Decke mit müffelnden Akten vollgestopft war. »Sehr schön.«

»Ihr seid wahnsinnig«, flüsterte Chris. »Absolut und vollkommen wahnsinnig.« Während sie sich hinter ein Regal zwängte, besaß ihr Kleinhirn die Frechheit, auf den statistisch errechneten Mittelwert ihrer Erfolgschancen hinzuweisen. Prompt legten sich ihre Achselschweißdrüsen voll ins Zeug.

»Keine Angst«, sagte Benno. »Ich bleib in der Nähe.« Und drückte sie kurz an sich.

»Hhmm . . .!«

Schmatzend saugte sich die Tür ans Dichtungsgummi.

Sie war allein.

Eine nette, gesunde Frau im besten Alter, den Pfiffen von Bauarbeitern nach zu urteilen nicht gerade unattraktiv, leidlich intelligent und sportlich. Und trieb sich in fremden Abstellkammern herum.

»*§ 243 Absatz 1 StGB*«, meldete sich ihr Kleinhirn. »*. . . in besonders schweren Fällen mit Freiheitsstrafe von drei Monaten bis zu zehn Jahren . . . Ein besonders schwerer Fall liegt vor, wenn der Täter sich zur Ausführung der Tat in ein Gebäude . . . oder einen Geschäftsraum einsteigt . . . oder sich in dem Raum verborgen hält.*« Es schien Kleinhirns großer Tag zu sein.

Nebenan wurden Stimmen laut, wurden unverschämt, mäßigten sich. Etwas rumste. Stille trat ein. Dann, direkt neben ihrem Ohr, metallisches Klicken. Jemand hängte einen leeren Kleiderbügel auf. Wieder gemurmelte Worte. Wieder das Rumsen.

Ein Staubsauger wurde eingeschaltet.

Und überhaupt »Ich bleib in der Nähe«! Auf deutsch hieß das, Benno wartete unten im Wagen. Drei Stockwerke tiefer, hundert Meter Flur, sechs Treppen und einen klemmenden Lift zwischen sich und ihr. Wie ungeheuer beruhigend.

Im Rücken juckte es. Genau an der einzigen Stelle, die sie nicht erreichen konnte. Chris schloß die Augen, konzentrierte sich. Auf eine Wiese.

Eine grüne, duftende Wiese. Darüber die Spanne des tiefblauen Himmels. Schäfchenwolken. Schmetterlinge taumelten glückstrunken, und Ruhe, beinahe himmlischer Friede lag über allem.

In der lauen Luft ... Über die Wiese kam Stern geradewegs auf sie zu, in der Hand eine abgesägte Schrotflinte. Scheiß autogenes Training.

Es juckte immer noch.

Chris schubberte sich vorsichtig am Regal. Mittlerweile staubsaugte es in einem anderen Raum. Chris sah auf ihre Uhr. Halb sechs. Und noch immer keine Entwarnung. Wollte Stern ausgerechnet heute die Nacht durcharbeiten?

Eine Viertelstunde später wurde dem Saugen ein Ende bereitet. Dafür quietschte es nebenan halbfeucht und viledamäßig über Glas. Großer Gott!

Endlich erneute Stimmen, erneutes Rumsen.

Stille.

Chris verlagerte ihr Standbein.

Minuten verstrichen, verstrichen, verstrichen und gingen nicht vorbei.

Von der Straße drang zweimaliges Hupen herauf. Benno.

»Schröder«, knurrte Chris und klopfte sich den Staub vom Rock. »Das kostet dich ein Weißes-Tischdecken-Menü. Mit Pommery vornweg und Courvoisier Napoléon zum Kaffee.«

Das Vorzimmer war verwaist, wie es in Romanen immer so schön zu lesen ist. Hindurch auf leisen Pfoten.

Für Sterns Büro brauchte es kein Fummeln mit dem Dietrich, es bot freien Zutritt. Nicht mal den Schreibtisch aufgeräumt hatte der Dödel. Der PC stand schwarz und schweigend. Chris betätigte das Knöpfchen, und während das System hochfuhr, stöberte sie im Schreibtisch ein Kästchen Disketten auf.

»Kontakte Rumänien ... Rußland, Bulgarien, Polen!«

Sie steckte sie ins obere Laufwerk, eine mitgebrachte ins untere und überlegte kurz.

»xcopy a: b: /s /e« Und enter. Auf dem Bildschirm erschien *Quelldaten einlesen*. Also kein Schutz. Gelobt sei der Herr in seiner Güte und Sterns Sorglosigkeit.

Leise knatternd schob sich eine Reihe Dateinamen auf den Schirm.

Chris verwarf den Pommery und entschloß sich statt dessen für eine Magnumflasche Veuve Clicquot.

****

Warten war für Benno, wie gesagt ... Man mußte da allerdings differenzieren zwischen Warten auf eine Zielperson, Godot oder was der Tag so an Überraschungen bereithielt. Und Warten, daß es endlich vorbei und geschafft war.

Offensichtlich war es weder vorbei noch geschafft.

Benno paffte, zugestandenermaßen leicht nervös. Seine Vauen-Premium, mit ausgesucht schöner Maserung und zartem, aber festem Biß, schmeckte wie eine Mülltonne mit Schwelbrand.

Er drückte sie in den Pfeifenhalter am Armaturenbrett, porkelte in seiner Weste nach den Pfefferminz und ... hatte plötzlich die Nackenhaare oben.

»Ach du liebe Scheiße!«

Gegenüber kam Stern über den Bürgersteig.

Was tun? Hupen? Damit Stern sofort rübersah? Rauslaufen, ihn festhalten, vollquatschen?

Mit einem Satz war Benno aus dem Auto, sprang auf die Straße, sprang zurück. Ein Fiat rasierte ihm fast die Fußnägel ab.

Seelenruhig schloß Stern die Eingangstür auf.

Zwischen zwei Autos wuchtete Benno sich über die Fahrbahn, schräg auf das Haus zu.

Sterns Gestalt verschwand hinter der Scheibe.

Beidhändig patschte Benno vors Glas. Abgeschlossen.

Wieder zurück, rein ins Auto, Zündung gedreht. Zündung kam nicht.

»Verdammt und zugenäht!«

Er drehte, daß fast der Schlüssel abbrach. Endlich bequemte sich die Kontrolleuchte zu einem matten Glimmen. Und Schlüssel rum und rauf auf die Hupe. Lang, kurz, kurz. Lang, kurz, kurz. Lang, kurz, kurz.

****

Der PC knatterte noch leise, als auf der Straße rhythmisches Hupen einsetzte.

»Jetzt wird's eng!«

In fliegender Hast entriegelte sie die Laufwerke, drückte den AUS-Knopf, warf die Diskette in den Kasten zurück; um den Schreibtisch herum, rein in die Schublade; rums, zu. Was vergessen? Panischer Rundumblick. Zu spät.

Im Vorzimmer drehte sich der Schlüssel im Schloß.

Ihr gelang noch eine schnelle Bewegung, dann füllte Stern den Türrahmen.

****

Keuchend, den Puls unter der Schädeldecke, hetzte Schröder die Treppe rauf, rannte oben beinahe einen Bullen über den Haufen und schlitterte in den Flur rechterhand. 4. Kommissariat? Falsch. Umdrehen, den anderen Gang runter, links rein. 4. Kommissariat? 4. Kommissariat! Zimmer 204? 201, 202 . . . 204!

Sein Schwung ließ ihn zwei Zimmer weiter rutschen. Dann war er an der richtigen Tür, riß sie auf.

»Na na na.« Ein Grauhaariger, Unmut in den kerbigen Magenfalten, hob sein Gesicht. »Sind Sie . . .?«

»Mein Mandant«, sagte Joschi Bender. Sein Walroßschnauzer machte eine vage Geste in seine Richtung. »Grüß dich.«

Wolli ignorierte die tanzenden Punkte und Stäbchen vor seinen Augen und lief auf die Magenfalten zu. »Sie kann überhaupt nichts dafür. Wenn hier einer einsitzen sollte, dann ich. Ich kann Ihnen das alles erklären. Haarklein. Wissen Sie was? Während ich Ihnen das alles haarklein erkläre, holen Sie Frau Ullmann aus der Zelle. Ich meine, die muß doch furchtbar verschreckt sein. Unschuldig hinter Gitter! Können Sie sich vorstellen, wie die sich jetzt . . .«

»Schröder«, mahnte Joschi.

»Setzen Sie sich«, sagte der Graue, und als Bender Wolli auf den zweiten Stuhl gezogen hatte: »Mein Name ist Hergold, Kriminal-Hauptkommissar Hergold. Ihren Ausweis, bitte.«

»Meinen Ausweis.« Er klopfte seine Taschen ab, fand ihn sogar und reichte ihn rüber. »Sie müssen wissen, das alles ist ein fürchterliches Mißverständnis.«

»So?«

»Klaro. Chris, ich meine Frau Ullmann, hat auf meine ausdrückliche Anweisung gehandelt.«

»Gegen besseres Wissen.«

»Ja, Kerl«, brauste Wolli auf. »Was bleibt ihr denn anderes übrig? Die ist doch abhängig von mir, von dem Job. Dreiundvierzig! In dem Alter kann die doch nur noch Flure putzen.«

»Schröder«, lächelte Bender. »Würdest du bitte mal für eine Minute die Schnauze halten?«

»Reden wir nicht lange drumherum«, sagte Hergold. »Frau Ullmann ist widerrechtlich in einem umschlossenen Raum verblieben, wo sie vom Besitzer auf frischer Tat ertappt wurde.«

»Wobei?« fragte Joschi. »Es wurde nichts gestohlen.«

»Es besteht der begründete Verdacht auf Wirtschaftsspionage.«

»Blödsinn«, sagte Wolli.

»Schnauze«, wiederholte Bender, und zu Hergold: »Wir bestreiten nicht, daß meine Mandantin sich Informationen beschaffen wollte. Ich betone, wollte. Informationen, die ein schwebendes Verfahren betreffen.«

»Autodiebstähle«, sagte der Kommissar.

Alle Wetter. Die Kommunikation fluppte aber gut im Präsidium.

»Gegen Herrn Stern ist allerdings keine Klage erhoben worden«, fuhr er fort.

»Mensch!« Wolli steckte sich eine Zigarette an. »Wenn wir so weit wären, brauchten wir keine Informationen mehr.«

»Die Anschuldigungen des Herrn Stern sind völlig aus der Luft gegriffen«, sagte Bender hinter seinem Bart. »Frau Ullmann hat weder materielle noch immaterielle Sachen in ihren Besitz gebracht. Genau das hat die Leibesvisitation ergeben.«

O verflucht! Wolli konnte sich mühelos Christianes Gesicht vorstellen, wie ihr eine Bullenmatrone den Slip filzte. Da kam noch einiges auf ihn zu. Da war er noch lange nicht durch. Noch lange nicht.

»Lediglich ein Verstoß gegen Paragraph 123 StGB ist hier zu sehen«, führte Bender weiter aus. »Da Frau Ullmann über einen festen Wohnsitz, ein geregeltes Einkommen und einen guten Leumund verfügt und nicht vorbestraft ist, beantrage ich darum mit Verweis auf die Ihnen bekannten Vorschriften der Strafprozeßordnung ihre sofortige Freilassung.« Damit reichte er ein Schriftstück über den Tisch und zog die Nase hoch.

Der Kommissar überflog das Papier und nickte. »Ich werde die Freilassung verfügen.«

Wolli fiel ein Stein, ach was, ein Fels, die halbe Nordseite vom Nebelhorn, ein ... Genau. So war's. Ein Gletschergigant kalbte donnernd, brach ab wie nix und krachte brüllend in die tosende See seiner Gefühle.

»In vierundzwanzig Stunden«, setzte der Bulle nach.

In Schröder sprang eine Welt in Stücke. Eine Welt, in der Polizisten Freunde und Helfer waren. »Darf er das?« fragte er bemüht ruhig.

Joschis Nicken brachte seine Schnauzbartenden zum Schwingen.

»Mein lieber Herrgott ...«

»Hergold. Hauptkommissar Hergold.«

»Mein lieber Hauptkommissar Hergold«, keifte Wolli los. »Die angespannte Finanzlage sowie die Mimik meines Anwalts erlauben es mir nicht, Ihnen mitzuteilen, was ich im tiefsten Innern von Ihnen halte! Sollten wir uns allerdings einmal privat begegnen, würde ich Ihnen zu allergrößter Wachsamkeit raten!«

Stand auf und ging.

Joschi holte ihn auf dem Gang ein. »Bist du denn verrückt geworden?«

»Das ist pure Schikane«, raunzte Schröder. »Der und dieser Schmittke, die stecken doch unter einer Decke.«

»Das ist mir klar. Aber alles, was ich tun kann, ist eine Dienstaufsichtsbeschwerde loszulassen.«

»Dann laß sie los!«

Auf dem Parkplatz vor dem Präsidium stand Benno, groß und traurig wie ein Osterinsel-Koloß.

»Komm, lach«, sagte Schröder. »Kannst doch nichts dafür. Das hab ich zu verantworten.« Und zu Joschi: »Wenn du Christiane gleich siehst, sag ihr . . .«

Bender guckte abwartend.

»Sag ihr, mir wäre inzwischen klar, warum sie sich nicht sicher ist.«

****

Sie mußte hier raus. Egal wie.

Hier rumzusitzen und zu warten, und nicht einmal zu wissen worauf, machte sie noch verrückt.

Millimeterweise zog sie die Tür auf. Unten war alles ruhig. Die Lampe im Treppenhaus brannte nicht mehr, Fernsehstimmen lachten.

Sie huschte zurück, zog ihre Jacke über und stieg langsam die Treppe hinunter. Da die Stufen mit Teppich belegt waren, verursachten ihre Schuhe kein Geräusch.

Auf den Steinfliesen ging sie langsamer, blieb auf der Höhe des Wohnzimmers horchend stehen. Viertel vor zehn. Um diese Zeit war die alte Frau gestern vor dem Fernseher eingeschlafen. Weiter.

Irena wunderte sich nicht, die Haustür unverschlossen zu finden. Hier schloß niemand ab.

Kühl und feucht legte sich die Nachtluft auf ihr Gesicht. Sie sah sich um. Im Licht der entfernten Straßenlaterne sah sie drei Autos vor der Scheune stehen. Den alten Mercedes, den Vectra und ein Taxi. Sie entschied sich für den Vectra.

Auch er war nicht abgeschlossen. Doch leider steckte der Zündschlüssel nicht. So dumm war nicht einmal Schröder.

Behutsam zog sie die Tür hinter sich zu, rutschte auf den Beifahrersitz und beugte sich unter das Lenkrad. Etwas roch bitter. Merkwürdig. Eine Weile brauchten ihre Augen, um sich an das spärliche Licht zu gewöhnen. Dann tastete ihre Hand nach der Verdrahtung.

»Hat doch kein Sinn.«

Ihr Kopf knallte gegen das Lenkrad, als sie hochfuhr.

Vor dem Seitenfenster stand die Oma.

»Ohne Geld. Und Wolli wird bestimmt den Kommissar anrufen.« Die alte Frau zog die Tür auf. »Hat doch kein Sinn.«

Müde stieg sie aus.

Es wäre ein leichtes gewesen, die alte Frau einfach wegzuschubsen. Aber wie sie da stand, um die zitternden Schultern eine Strickjacke gezogen, unter der ihre Kittelschürze hervorsah . . .

Mit einem Mal brach die Anstrengung der letzten Tage durch. Die Hetze, die Furcht vor Entdeckung, die ständige Sorge, daß sie zu spät kommen könnte.

»Komm, Mädchen«, sagte die alte Frau und legte einen Arm um sie. »Und wein nur tüchtich. Brauchs dich nich zu schämen vor Oma Lene.«

Behutsam führte sie sie zum Haus zurück. »Ich glaub, wir beide können jetzt en Schnäpschen vertragen. Wat meinst du?«

******

»Ich bin ein Versager.« Schröder trank seinen Wein ex, goß nach, trank. »Eine verkrachte Existenz, eine Flasche, ein Blindgänger, ein Saftsack, ein . . .«

»Ein Weichei?« half Benno nach.

»Danke. Es ist wunderbar, Freunde um sich zu wissen.« Der Inhalt seines Glases folgte seinem Vor- und Vorvorgänger.

Benno sparte sich den Hinweis auf Jahrgang und Anbaugebiet. Vielleicht war es kein schlechter Gedanke, für Abende wie diesen, besser gesagt, für Besuche wie diesen, ein Kistchen Aldiregalo Classico bereitzuhalten.

»Ich bin einfach . . .«

»Es reicht, Schröder.« Er stopfte seine Bentley Flame – Gott der Welt, was für eine Handschmeichlerin! – nach und legte die Füße auf den Couchtisch. »Chris ist für eine Nacht in Haft. In einer Zelle im Polizeipräsidium Essen, nicht in Port-au-Prince. Sie hat's warm, kann ausschlafen und kriegt morgen Frühstück.«

»Wie du redest ... Du hast sie ja nicht reingebracht. Ich hab sie überredet, das zu machen.«

»Und sie hat zugesagt. Mann, Wolli. Sie ist erwachsen und wußte, auf was sie sich eingelassen hat.«

Schröder sprang auf. »Dieser Hinterfotz! Dem hau ich was auf die Zahnspange, daß ihm der Schrittmacher stehenbleibt. Und diesem Schmittke gleich mit.« Er klopfte seine Taschen ab. »Was ist das überhaupt für ne Geschichte? Ich hab nie Zigaretten!«

»Nehmen Sie eine von meinen.«

Benno fuhr herum, daß ihm die Füße vom Tisch sausten.

Im Dunkel der Tür stand die Mikolajczyk und hielt Wolli eine offene Packung hin.

»Da ... danke.«

Hinter der Polin tauchte Oma Lene auf. »Irena hat euch wat zu sagen.«

Schröder war zu perplex, um frech zu werden. Er schob Oma einen Sessel zurecht, dann der Schwarzen, gab ihr Feuer und krallte sich an sein Glas.

»Schlückchen zu trinken?« fragte Benno und wartete das Nikken der Frauen erst gar nicht ab. »Wolfgang, sei so gut.«

Wolfgang war so gut und brachte ohne Widerrede Gläser.

Benno goß ein.

Dann konnte Schröder sich nicht mehr zurückhalten. »Ja, was ist? Muß ich erst den Abend eröffnen?«

»Wolli«, sagte Oma Lene hart.

»Meinen Namen kennen Sie ja«, begann die Polin. »Ich bin Leutnant, bei Ihnen würde man sagen Kommissar, bei der Kripo in Kattowitz.«

»Kripo?« Wollis Mimik rutschte ins Leere, sein Kopf zuckte herüber. »Dicker ...« Es klang hilflos.

Benno pfiff Luft aus. »Sie versuchen nicht gerade, uns ein bißchen zu foppen?«

Kopfschütteln. »Um Sie zu beruhigen, ich habe mich für diesen Ausflug beurlauben lassen. Bin also privat hier.«

»Ja, Moment«, sagte Schröder und wußte wohl nicht recht weiter. »Ich meine, das kann ja nun jeder sagen. Wir waren eigentlich davon ausgegangen, daß Sie geklaute Sportwagen ankaufen. Von Lemanski zum Beispiel.«

»Ach, das.« Irena – Benno beschloß, sie so zu nennen – lächelte ein zweites Mal seit ihrem Kennenlernen. »Deswegen bin ich nicht hier. Es geht mir nicht um Lemanski.«

»Sondern um wen?«

»Laß sie doch ausreden«, sagte Oma. Ihre Bäckchen glühten vor Aufregung.

»Um meine Schwester, Maria. Sie war mit Lemanski verlobt, jedenfalls glaubte sie das.«

Schröder sackte auf die Couch. »Bitte von vorn«, hauchte er und goß sich flugs nach.

»Ihnen ist wahrscheinlich die Lage meines Landes bekannt, das sich darin nicht von anderen osteuropäischen Staaten unterscheidet. Mißwirtschaft als Erbe kommunistischer Willkür, Armut, Kriminalisierung, zweistellige Arbeitslosenquoten, ich will Sie nicht mit Details langweilen. Für Zehntausende von Menschen, besonders für Frauen, gibt es auf absehbare Zeit keinerlei Chance. Einc Tatsache, die gewisse Unternehmen ausnutzen, um sich eine goldene Nase zu verdienen.«

In Bennos Kopf dämmerte es wie im Bühnenbild einer Bayreuther Lohengrin-Inszenierung. »Heiratsinstitute?«

Irena nickte. »Vor einem halben Jahre meldete sich Maria auf das Zeitungsinserat einer Agentur *Love-Contact,* die übrigens Stern gehört. Er nahm ihr umgerechnet zweitausend Mark ab, für die wir in der ganzen Familie betteln gingen. Kurz darauf wurde sie an einen Deutschen vermittelt.«

»Horst Lemanski?« riet Schröder mit scharfer Logik.

»Richtig. Die Rede war von einem gutsituierten Kaufmann in den besten Jahren, Bild lag bei. Ich habe sie gewarnt, aber Maria hörte nicht einmal zu. Sie wollte raus aus Polen, so schnell wie möglich in den Westen und einen Deutschen heiraten. Wahrscheinlich hätte sie auch einen mit zwei Zöpfen und Steinaxt genommen.«

Benno kratzte sich mit dem Pfeifenmundstück am Hals. »Es gehört eine Menge Verzweiflung dazu, sich ein Leben an Lemanskis Seite vorzustellen.«

»An der Seite geht ja noch«, meinte Schröder. »Solang er nach vorn atmet.«

Auffordernd stupste Oma Lene die Polin an. »Hör nich auf den. Und dann?«

»Keinen Monat nach Erscheinen der Anzeige stieg Maria in einen Zug und fuhr in ihren erträumten Westen. In den ersten Wochen kamen noch Briefe, enthusiastische Briefe. Drüben war alles schöner, größer und bunter. Dann, vor etwa fünf Monaten, brach der Kontakt ab. Ich habe ihr geschrieben, aber die Briefe kamen zurück. Adressat unbekannt verzogen. Ich habe mich ans Konsulat gewandt, dort konnte mir niemand helfen. Endlich bekam ich Lemanskis neue Telefonnummer heraus.« Sie trank einen Schluck.

Alles hing an ihren Lippen, wie's der Dichter gern ausdrückt.

»Zuerst hat er jedesmal eingehängt. Doch beim zehnten oder zwanzigsten Anruf gab er nach. Maria hatte ihn angeblich verlassen. Seiner Meinung nach war sie längst wieder in Polen. Wissen Sie, ich habe Hunderte von Verhören durchgeführt, um genau zu wissen, wann jemand lügt. Lemanski log. Und nicht nur das. Er hatte Angst in der Stimme.«

»Hohe Zeit, selbst nach Deutschland zu fliegen und nachzusehen«, folgerte Benno.

Wieder nickte sie. »Lemanski frontal anzugehen, erschien mir sinnlos. Um ihn zum Reden zu bringen, mußte ich ihn weichkochen.«

»Als Sie sich mit ihm in der Villa Hügel trafen«, sagte Wolli, »da war er wohl soweit?«

»Ja. Ich hatte schon vorher den Verdacht, daß Stern über Marias Verschwinden Bescheid wußte. An dem Tag hat Lemanski es mir bestätigt. Er hatte Angst, daß ich die Sache an die große Glocke hängen würde.«

»Die geklauten Wagen im Schuppen gaben ihm allen Grund dazu.«

»Maria hatte ihn nicht verlassen. Er hatte sie zurückgeschickt. Zu Stern.« Irena sah in die Runde. »Er hat sie umgetauscht. Retourniert. Reklamiert.«

»Bestellen, vög ... ausprobieren, zurückgeben.« Ohne zu fragen, nahm Wolli sich eine neue Zigarette von ihr. »Stern preist das sogar als Service an.«

»Nee nee nee.« Oma Lene schüttelte mehr sich als den Kopf. »Man soll et nich glauben. Wofür Menschen fähich sind.«

Benno nahm den Faden wieder auf. »Sie haben sich Stern zur Brust genommen, doch der hat nichts gesagt. Stimmt's?«

»Er hat mich nicht einmal ausreden lassen und mich rausgeworfen. Um nicht noch mehr Zeit zu verlieren, habe ich ihm dann ein Ultimatum gestellt.« An dieser Stelle wurde ihr Blick leicht biestig. »Und er hätte geredet, darauf können Sie sich verlassen.«

»Warum haben Sie sich nicht an die Polizei gewendet?«

»Habe ich sogar. Alles, was man mir riet, war, ich solle eine Vermißtenanzeige aufgeben.«

»Gut«, sagte Schröder, stand auf und schob die Hände in die Hosentaschen. »Als erstes holen wir morgen Chris aus dem Verlies. Dann knöpfen wir uns Stern vor. Endgültig. Und wenn ich ihm eigenhändig was in die Schnauze ... 'tschuldigung.«

Oma hüstelte streng, dann knuddelte sie Irenas Hand. »Der Wolli iss eigentlich gar nich so.«

»Ja, toll«, meinte Schröder. »Mach mir nur ja mein Image kaputt.« Und zu der Polin: »Um das mal loszuwerden. Ihnen ist wohl nicht klar, daß Ihr überhebliches Mafia-Miezen-Getue schmatzende Axthiebe in meine Psyche geschlagen hat? Ihre Spielchen haben mich zum Gespött der Leute, was sage ich, der ganzen Stadt gemacht. Kein Hund zwischen Ruhr und Rhein-Herne-Kanal wird noch ein Stück Brot von mir nehmen. Nicht einer!«

Oma guckte Benno an, Benno guckte zur Wand.

Verlegenheitsstille nistete sich ein.

»Was ... äh ... bei Licht besehen, nicht gar so schlimm ist«, hüstelte Wolli. »Weil ich eh keinem Köter was abgeben würde.«

Irena Mikolajczyk zeigte Zähne, was einem erneuten Lächeln verdammt nahekam. »Es lag nicht in meiner Absicht, Sie zu kränken.«

»Doch«, sagte Schröder. »Macht aber nichts.« Er zog ihren Paß aus der Jacke und schob ihn über den Tisch. »Wenn ich Sie wäre, würde ich noch ein paar Tage hierbleiben. Es sei denn, Sie sind scharf auf eine Festnahme.«

»Das Risiko muß ich eingehen.«

»Irrtum. Stern geht auf unser Konto.«

»Aber ich habe kein Geld. Ich kann Sie nicht bezahlen.«

»Davon hat auch keiner geredet.«

»Kommt nicht in Frage«, protestierte Irena.

»Wetten?«

Benno ächzte sich aus der Polsterung. »Bis ihr euch einig seid, hole ich noch ein bißchen was Wein.«

****

»Chris!«

Gleich beidhändig strich Schröder ihr an Gesicht, Haaren und Armen rum. Als wenn in der einen Nacht was weggekommen wäre. »Bist du okay? Hast du genug zu essen gekriegt? Haben sie dich gefoltert, die Schweine?«

»Noch ein Wort!« fauchte Hergold.

Wolli fuhr hoch wie die Mamba aus dem Steppengras, den Zeigefinger knapp vor Hergolds Nase. Ein Stuhl polterte. Ein Hauptkommissar wurde bleich. »Sehen Sie einen Zeugen im Raum? Ich auch nicht. Was hindert mich eigentlich daran, ein wenig grausam zu werden?«

»Schröder, Sie ... Sie ...«

»Wolli«, zischte Chris.

»He? Ach, war doch ein Spaß.« Lächelnd stupste Wolli den Kommissar an. »Nicht gemerkt?«

»Das wird Konsequenzen für Sie haben. Das und Ihr Einbruch und . . .« keifte Hergold ihnen nach.

Noch auf dem Gang hörten sie ihn toben.

Bis zum Auto sagte Chris kein Wort.

Eifrig hielt Schröder ihr sogar die Tür auf, ehe er einstieg.

»Nein, ehrlich. Ich würd's doch sagen.«

Er guckte beim Starten von der Seite.

»Wolfgang, ich bitte dich. Eine Nacht auf der Pritsche. Als wenn mir das was ausmachen würde.«

»Chris . . .«

»Es soll Leute geben, die bezahlen sogar dafür. Untersuchung der Körperhöhlungen nach verborgenen Gegenständen. Ich meine, wer darauf steht, daß einem jemand seinen Finger überall reinsteckt . . .«

»Chrissi. Ich weiß nicht wie, aber ich mach dir das gut.«

»Keine Sorge. Ich hatte Zeit genug, mir ein paar adäquate Möglichkeiten durch den Kopf gehen zu lassen.« Sie zählte an den Fingern ab. »Abendessen mit Blick auf den See.«

»Geht klar.«

»Was heißen will, unter sechs Gängen setz ich mich erst gar nicht.«

»Seh ich kein Problem drin.«

»Dazu Kerzenschummer.«

»Auf Wunsch auch flackernd.«

»Champagner.«

»Wollte ich grad vorschlagen.«

»Du wirst den Kellner nicht anblaffen und auch nicht drohen, ihn zurück in die Zone zu schicken.«

»Ich doch nicht.«

»Und . . .« Sie lächelte fein. »Du trinkst Selters.«

»Chrissi . . .«

Sie wartete ein bißchen. »Von wegen, für danach«, sagte sie dann.

»Wow! Das ist meine Chris!« Begeistert fummelte er nach ihrer Hand. »Wir sind also wieder Freunde?«

»Waren wir, sind wir, bleiben wir«, sagte sie großartig.

»Verdammt, warum gibt's hier nirgendwo ein Abendrot, in das wir reinfahren können?«

Chris zeigte nach vorn. »Dreh an der nächsten Ampel.«

»Wieso das? Bei Oma Lene warten frische Brötchen.«

»Wir müssen noch kurz zu Sterns Büro.«

Schröders Blick machte die ganze letzte Nacht wett. »Wie? Wohin müssen wir?«

»Ja, nun mach hinne, Chef.«

Ohne Fragen und Meckern bog er ab und fuhr zurück.

»Und? Was Neues von der Polin?« fragte sie und drehte sich eine wohlverdiente Zigarette.

»Sagt seit gestern abend Wolfgang zu mir. Also, das glaubst du nicht.« Und erzählte.

Der Weg zu Stern reichte nur für eine Kurzfassung.

»Menschenhandel.« Chris atmete tief durch. »Na, dann war mein Besuch bei dem Kotzbrocken ja doch nicht umsonst.«

Wolli legte die Stirn in Falten. »Ich fürchte, da kann ich nicht folgen.«

»Überraschung«, lächelte sie.

Damit der Mädchenhändler sie nicht gleich von weitem sah und hektisch die Funkstreife antelefonierte, parkte sie zwei Blocks weiter. Dann ging sie zurück, warf an der Ecke einen konspirativen Blick die Häuserfront entlang, entdeckte einen Durchgang und zog Schröder in einen schmalen Hof. Von hinten waren die Häuser nicht mal verputzt. Weit oben klebte ein Stück Himmel. Aus einer der Fensterhöhlen dröhnte Rockmusik.

»Welche Hausnummer hat Sterns Büro?«

»Äh . . . sechzehn.« Wolli kratzte sich den Kopf. »Willst du von hinten rein und ihn überfallen?«

»Erraten.«

»Hä?«

»Wolli.« Sie klapste ihm das Schulterblatt, steuerte auf die Mülltonnen zu und öffnete die mit der aufgemalten 16. »Unsere Christiane ist schließlich nicht nur bildhübsch und begehrenswert, sondern auch überaus pfiffig.« Schon hing sie halb im Müll und fing an zu wühlen. »Was glaubst du, warum die Bullen nichts bei mir gefunden haben?«

»Tja ...«

»Weil die überaus pfiffige Christiane noch so eben die kopierte Diskette in Sterns Papierkorb werfen konnte, bevor sie erwischt wurde. Von wo aus besagter Datenträger via Putzhilfe zur Entsorgung gelangte.«

»Du hast ...? Du bist ...! Mann!«

»Komm rein, hier riecht's gut.«

Schröder sah sich um. »Und wenn jemand kommt?«

»Fängst du an zu kauen. Dann hält man dich für einen Penner beim Frühstück.«

****

Von rechts trieb ihr eine beizende Wolke Cavendish in die Augen. Von links Schröders Fluppe.

»Ein bißchen Sicht könntet ihr mir schon lassen.« Chris schob die Jungs vom Computer weg und hackte auf die Tastatur ein, daß es eine Freude war.

»Bisweilen frage ich mich, warum wir immer Schröder als Chef bezeichnen«, lästerte Benno.

»Betrachte es als natürliche Auslese«, sagte Schröder. »Evolution und Selektion. Elite ist immer da, wo oben ist. Schon mal von gehört?«

»Du kannst aber nicht mit einem Computer umgehen.«

»Da!« Der Inhalt einer Datei rutschte über den Bildschirm. »Niederlassung Kattowitz.«

Sofort klemmte sie wieder zwischen den Köpfen der Jungs.

Über stark konsonantenhaltige Namen scrollte sie zum Anfang. »Mikolajczyk, Maria. Kennummer 86 KTW 8571 BV!«

»Ist ja wie in Auschwitz. Tätowiert man den Mädchen das auch unter die Achsel?«

Chris drückte auf *Auswahl* und tippte die Kennung ein. Auf dem Monitor erschien eine Aufstellung:

*Mikolajczyk, Maria * 3. 8. 1967 – Besondere Kennzeichen: Muttermal linke Schulter. Erforderliche Impfungen: alle.*

08. 3. 94 / Grundgebühr:	DM 2.000,--
29. 3. 94 / Vermittlung Lemanski, H.	/ DM 5.200,--
13. 4. 94 / Vermittlung Korten, P.	/ DM 4.800,--
25. 4. 94 / Vermittlung Hasenclever, F.	/ DM 4.800,--
02. 5. 94 / Vermittlung Rocholz, E.	/ DM 4.800,--

Eine Weile war nur heftiges Atmen zu hören.

Benno fand als erster die Sprache wieder. »Von so was hab ich zuletzt bei Karl May gelesen. *Sklavenkarawane.*«

»Die alte Sau«, knurrte Schröder. »Fast zweiundzwanzig Riesen mit ein und demselben Mädchen. Nach dem Motto: Wir nehmen Ihre Gebrauchte in Zahlung.«

Chris verspürte einen leichten Brechreiz. Vorsichtig nahm sie einen Schluck Kaffee. In nicht mal zwei Monaten war Irenas Schwester durch die Hände und Betten von vier Männern gegangen.

»Stern ...« Sie hustete sich den Hals frei. »Stern ist doch nur ein Schwein unter vielen. Was ist denn mit den Kerls, die sich solche Frauen bestellen? Bequem von zu Hause aus, direkt aus dem Katalog?«

»Versuch mal, an die Kundenadressen zu kommen«, sagte Wolli und beugte sich gespannt vor.

Chris klickte sich durch die Bedienerleiste, fand im Pull-Down-Menü die entsprechende Datei und lud sie.

»Rocholz, Erwin«, las Benno leise. »Kleinheide 126.« Er sah auf. »Das ist draußen in Byfang.«

Schröder schlüpfte bereits in sein Schulterholster. »Packen wir's an.«

****

Der Rocholz-Hof lag auf den östlichen Ruhrhöhen, wo der Wind ging. Ein Wohnhaus – erbaut und zuletzt gestrichen vor der Jahrhundertwende – sowie zwei Ställe. Das Ganze schlunzte sich gammelig vor ein feuchtes Wäldchen. Zur Straße hin war es von einer Baumgruppe abgeschirmt.

Hinter der Baumgruppe stand ein Schild *Eier zu verkaufen*.

Hinter dem Schild stand der Vectra, in dem alles die Hälse reckte.

»Kein großer Betrieb«, kombinierte Wolli. »Schätze mal, der Bauer, zwei Knechte und vielleicht ne Oma.«

»Und Maria.«

»Richtig.« Benno strich knisternd durchs Barthaar. »Die Frage ist, wie wir an das Mädchen rankommen, ohne daß einer was merkt.«

»Plan B5«, murmelte Schröder. »Isolierung der Geisel vom Geiselnehmer.« Er sah auf seine Uhr. »Ist bald Fütterungszeit. Das heißt, mindestens einer von denen muß gleich rauskommen. Vielleicht sogar Maria selbst.«

»Was ist Plan B5?« wollte Chris wissen.

»Wir verteilen uns«, erklärte der Chef. »Benno auf den Hügel hinter den Ställen, ich am Wäldchen dem Haus gegenüber. Du, Chris, bleibst im Wagen. Sobald sich drüben jemand blicken läßt, geben wir dir ein Lichtsignal mit dem Taschenspiegel. Zweimal lang, dreimal kurz, dann wieder einmal lang, falls es sich um Rocholz oder jemanden vom Personal handelt. In dem Fall wartest du. Sollten wir aber die Zielperson sichten, morsen wir einmal lang, viermal kurz und zweimal lang. Worauf du mit glühenden Pneus rüberfährst und dich dabei genau zwischen der Zielperson und dem Wohngebäude hältst. Falls eventuell eingreifende Drittpersonen auftauchen, kannst du ihnen so den Weg abschneiden. Inzwischen bin ich nah genug heran, um Maria zu packen. Ich nutze ihre Überraschung aus, stoße sie zum Wagen und ... rein mit ihr. Du fährst los, sobald sie drin ist, drehst auf der Stelle und rast zurück. Sollte eine zweite Person bei ihr sein, gebe ich zum Hügel Signal, worauf Benno eingreift und mir Rückendeckung gibt. Falls nötig, überwältigen wir die Verfolger und machen sie unschädlich. Danach trennen sich unsere Wege. Ich verschwinde im Feld da hinten, Benno schlägt einen weiten Bogen um den Akker bis hinauf zur Straße, wo wir uns wieder treffen und Chris mit dem Wagen wartet.« Er atmete tief durch. »Das Ganze, und hier kommen wir zum wichtigsten Punkt der Operation, das Ganze muß in Sekundenschnelle über die Bühne gehen.« Er faßte sie nacheinander ins Auge. »Noch Fragen?«

»Ich«, sagte Chris. »Warum klingeln wir nicht einfach und sagen, wir wollten Eier kaufen?«

»Das ist auch gut«, meinte Schröder.

»Jau«, nickte Benno. »So machen wir's.«

»Also los.«

Die beiden stiegen aus.

»Und ich?« maulte Chris.

»Haben wir doch besprochen«, sagte Wolli. »Du bleibst im Wagen.«

»Ah ja. Immer ich.«

»Ich bring dir auch freiliegende Eier von freilaufenden Hühnern mit«, versprach Benno.

»Versprochen?«

»Freilich.«

Chris sah zu, wie die beiden sich verzogen. Während Benno der Einfachheit halber durchs Unterholz brach, zog Schröder das große Schleichen ab. Erst von Stamm zu Stamm, dann quer über den Weg gewieselt und platt gegen die Stallwand gepreßt. Ohne eine gewisse Theatralik konnte der Chef einfach nicht arbeiten.

»Ich bin so froh, daß ich en Mädchen bin.« Sie stieg aus, ging ein bißchen rum und drehte sich eine. Und wenn die beiden auf Maria stießen, was dann? Sie konnten sie ja schlecht unter die Achsel klemmen. Irgendwie kam ihr die Aktion sehr improvisiert vor.

Inzwischen war Schröder am Wohnhaus, hatte normale Gangart angenommen und ...

»O verdammt!«

In Schröders Rücken setzte sich was in Bewegung. Es war nur

unwesentlich kleiner als eine Kühltruhe, hatte vier Beine, ein schlammgraues Fell und den Kopf tief am Boden.

»Schrö . . .« Wo ihre Stimmbänder sein sollten, war plötzlich trockener Sand. »Wolli«, flüsterte sie.

Wolli hörte sie nicht.

Der Köter hörte sie gut. Er warf den Kopf herum, roch sie, witterte sie oder was auch immer und guckte in ihre Richtung.

Rückwärts tastete Chris sich zum Wagen. Schritt für Schritt für . . . Da war kein Wagen.

O nein! Mit der ihr eigenen Sorglosigkeit war sie wohl ein gut Stück zu weit spaziert.

Rennen! dachte sie. Und rannte.

Im selben Moment jumpte der Köter los.

Hundert Meter vielleicht bis zum Wagen; aus den Augenwinkeln sah sie die Bestie von links ranhetzen; fünfzig Meter noch; nicht aufgeben, Mädchen, lauf, los, renn zu; zwanzig Meter; du schaffst es, zehn Meter, du schaffst es, du schaffst es, du . . .

Sie schaffte es.

Fast.

Eine Handbreit vor der Autotür spürte sie was keuchend warm im Nacken. Die Hände hochgerissen, knallte sie gegen den Kotflügel . . . Sabbernde Lefzen . . . Pranken wie Dampfbügeleisen.

»Ich kann Karate!«

Es reichte nicht mal, um ihr Leben an sich vorbeiziehen zu lassen.

Dann war er über ihr.

****

Auf sein Klingeln setzten irgendwo im Haus scheppernde Geräusche ein. Während er wartete, ließ er seinen Blick über das Anwesen schweifen. Unsere kleine Farm. Gütiger Himmel. Fünf Hühner, die jetzt schon wie gerupft aussahen, hockten geduckt auf einem kahlen Baum und starrten ihn feindselig an. Ob sie ahnten, daß er sich am ungeborenen Leben ihrer Nachkommen vergreifen und es nach vierminütigem Kochen mit einer Prise Salz löffeln wollte?

Wolli sah am Haus hoch. Eine Menge Anhaltspunkte ließen den Schluß zu, daß die gesamte Bruchbude beim nächsten Sturm in sich zusammenfallen würde. Eine Menge anderer Anhaltspunkte hielten offen, ob es nicht schon beim letzten Sturm passiert war.

»Und für dergleichen legt sich Freiherr von Heeremans täglich ins Zeug.«

Was von hier kam, würde er auf gar keinen Fall essen. Auch nicht mit Schale drumherum.

Na, wenigstens besaß Rocholz keinen bissigen Köter.

Von drinnen näherten sich schwere Schritte, dann kreischte die Tür auf.

»Ja?« Glitzernde Augen musterten ihn tiefliegend aus einem kantigen Schädel, während ein dreckstarrender Fingernagel am Grind zwischen den Bartstoppeln schabte. An so was mochte einst Fellini gedacht haben, wenn es galt, den abruzzischen Lustmörder zu besetzen.

»Herr Rocholz?«

»Ja.«

Hinter dem wackeren Landmann schob sich eine Miefwolke aus dem Flur, die Wolli hektisch zu Mundatmung wechseln ließ. »Ich wollte ein paar Eier kaufen.«

»Eier?«

Bevor der Typ ihn völlig zuquasselte, deutete Wolli auf die stupide Mehrkornfraktion im Baum. »Ja. Wenn's geht von Hühnern. Oder was sind das da? Pelikane?«

»Moment.« Rocholz drehte den Kopf zurück. »Maria!«

Maria! Aha!

»Was issn, eh?« rief eine männliche Stimme von innen.

»Soll mal kommen.«

»Geht jetzt nicht. Moment noch.«

»Moment«, gab Rocholz weiter. Dann verschwand er im Haus.

Wolli überlegte noch, wie sein neuer Bekannter Hergold reagieren würde, wenn er sich das Mädchen einfach schnappte, da ging im Flur eine Tür auf. Heraus stakste ein Typ, der auf der nach oben offenen Sympathieskala gleich hinter Alien III kam.

»Tach.« Er grinste, ging leicht in die Hocke und zog den Reißverschluß seiner Jeans hoch. Sein Hemd zuknöpfend, trat er an Wolli vorbei, rotzte schnarrend und setzte einen gelben Lollo an die Hauswand. Dann stiefelte er breitbeinig über den Hof.

Ein fieser Verdacht ging Wolli durch den Kopf.

Das Geräusch von Füßen ließ ihn zurück in den Flur sehen. Aus dem Zimmer, aus dem der Rotzlümmel gestakst war, kam eine Frau. Man hätte auch ohne Übertreibung von wanken sprechen können. Maria. Die Ähnlichkeit mit Irena schlug jeden Zweifel in Stücke. Ohne ihn anzusehen, die Hände wie frierend um ihre Arme geschlagen, drückte sie sich hinaus.

Schröder war zu baff, um auch nur irgendwas sagen zu können. Wie betäubt folgte er ihr in einen der Ställe.

»Eine halbe Dussend?« Ihre Stimme war kaum zu hören.

»Ein ganzes.« Wie anfangen? Was sagen? Konnte durchaus sein, daß der Rotzer in der Gegend rumlümmelte. Und Wolli hatte keine Lust, daß die Kleine wegen ein paar unbedachter Worte Schwierigkeiten kriegte. Dem ersten Anschein nach hatte sie schon genug davon. »Ich . . . äh.«

Für eine Sekunde streifte ihn ein scheuer Blick. Ihr Kopf glühte vor Fieber, die Augen glänzten unnatürlich.

»Bitte.« Sie drückte ihm den Eierkarton in die Hand.

Mit der anderen suchte Wolli nach Geld, fand einen Zwanziger, gab ihn ihr. »Stimmt so.« Im selben Moment fiel ihm ein, daß Rocholz stutzig werden würde. Egal. Er wußte plötzlich nicht mehr, was er tun sollte. Die Eier in den Dreck werfen, das Mädchen pakken und sich den Weg freischießen, falls . . .?

Wechselgeld klimperte in seine Handfläche. Die Kleine hatte ihn nicht verstanden.

»Ich komme von Ihrer Schwester«, flüsterte Wolli.

Fragende Augen. »Nicht verstehen.«

»Von Ihrer Schwe . . .«

»Alles klar?« fragte Rocholz von der Stalltür.

»Bestens«, meinte Wolli und hob den Karton hoch. »Prima Eier.« Am liebsten hätte er dem Drecksack von vorn in die Hose getreten. »Tschüs dann.« Er versuchte noch mal, Marias Blick zu erwischen. Aber die wandte sich schon wieder ab.

Kaum war er über den Hof, als er Benno an der Haustür stehen sah.

»Ja?« hörte er Rocholz fragen.

»Ich hätte gern ein paar Eier.«

Wolli machte, daß er wegkam. Verdammt. Warum waren sie auch gleich losgefahren? Warum nicht erst am Standesamt vorbei und sich schlaugefragt, ob Maria und Rocholz verheiratet waren? Wenn nicht, mit der 357er im Anschlag gleich bis ins Wohnzimmer durch und das Mädchen hier rausgeholt. Warum?

»Weil ich nicht dran gedacht hab, ich Profi!«

Vom Wagen her schlug ihm wütendes Kläffen entgegen, dann ein Kreischen. Chris!

»Chris!«

Er spurtete den Weg hoch, auf die Bäume zu, riß im Laufen den Revolver aus dem Holster und ... prallte zurück.

Ein riesiger Köter klemmte in der offenen Autotür, die Pfoten auf den Sitz gestemmt, dazwischen Beine ... Jeans ... Christianes Jeans! Christianes Kreischen!

»Weg da! Hau ab, du Miststück!« Ein Satz, und Schröder war am Wagen; Eier klatschten in den Dreck; beidhändig krallte er in das Nackenfell, riß den Hund zurück; ein schmerzhaftes Jaulen, blitzschnell fuhr der riesige Kopf zu ihm herum; Millimeter von seinem Gesicht schlugen Fangzähne zusammen.

»Nicht, Schröder! Nicht schießen!«

»Bist du verletzt, Chris?«

»Nein. Ich ...« Der Rest ging in Kreischen unter.

Schröder packte die sehnigen Beine und riß den Köter halb vom Sitz. Knurrend sprang das Biest zurück, ging ihn an, die Lefzen über die Fänge gezogen; Schröder riß die Magnum hoch.

»Nicht! Wolli, nicht!«

Für eine Sekunde war er verwirrt.

»Aus!« rief Chris. »Aus! Mach Platz!«

Der Köter blaffte noch mal, dann schob er sich rückwärts von Schröder weg.

»Das muß ein Rüde sein«, sagte Chris und kletterte keuchend aus dem Auto.

Für eine weitere Sekunde war Schröder verwirrt. Verdammt verwirrt. »Was ...? Wie ...?«

»Er mag mich«, sagte Chris, griff dem Ungeheuer unter den Rachen und kraulte ihm den Hals. »Du weißt doch, mit Jungens komm ich immer gut klar.«

»Er ... er hat dich nicht ...? Ich meine, es sah aus, als würde er dich gerade fröhlich in Stücke reißen.«

»Abgeschlabbert hat er mich. Bah!« Sie wischte sich mit dem Ärmel übers Gesicht.

Inzwischen saß der Hund brav auf den Hinterpfoten und fiepte unschuldig.

Schröder machte einen Schritt.

Sofort war das Biest auf, blaffte und schlug die Fänge aufeinander. Es hörte sich an, als würde ein Gullydeckel zuknallen.

»Oh«, machte Benno. Er stand, einen Karton Eier unter dem Arm, neben dem Schild. »Probleme?«

»Wie es scheint, läßt mich die Töle nicht an mein Auto.« Erst jetzt merkte Wolli, daß er immer noch den Revolver in der Hand hielt. »Was meinst du?«

»Wehe, du tust ihm was«, schnappte Chris.

»Ja, aber wir sollten irgendwann mal fahren.«

»Kein Problem.« Sie griff hinter sich und holte einen von Schröders Marsriegeln aus dem Handschuhfach.

»Das sind meine!«

»Stell dich nicht so an.« Chris warf den Riegel in Richtung zahnstarkes Maul. Gierig schnappte der Köter zu und zermalmte ihn. Mitsamt Papier. »Braves Hundchen.«

»Hoffentlich wird ihm nicht schlecht«, sagte Benno. »Wenn der dir erst mal in die Karre kotzt ... Das kriegste nicht mit nem Läppchen runter.«

»Ich lenke ihn ab.« Chris knisterte mit dem zweiten Riegel. »Bei drei lauft ihr los. Alles klar?«

Synchrones Nicken.

»Ja, schau nur, was die Tante hat.«

Jetzt stellte sich das blöde Vieh auch noch auf die Männchenbeine und sabberte.

»Eins, zwei und . . .« Mit sattem Schwung zirkelte der holländische Zahnschmelz-Killer durch die Spätsommerluft. »Drei.«

Kläffend sprang Hundchen hinterher.

Schröder war schon bei zwei losgerannt, flog fast ins Auto, knallte die Tür zu; gleichzeitig rutschte Chris halb auf die Schaltung; da wuchtete sich auch schon der Dicke rein. »Tür zu!« Der Motor sprang an, heulte auf, dann ließ Schröder die Kupplung kommen wie ein Fallbeil.

Schreiend radierte der Vectra quer über den Weg.

»Gute Güte!«

Und schoß haarscharf an der Töle vorbei.

»Wie geht's dem Mädchen?« fragte Chris und hielt sich panisch an Benno fest.

»Prima.« Schröder wich einem Traktor aus. »Viel besser als in Polen. Und ihr Gatte ist so richtig was zum Schmusen. Kennst du Sascha Hehn? Dann kennst du Erwin Rocholz.«

Benno schnaufte. »Sie sieht aus wie der Tod. Ich schätze mal, sie hat über vierzig Fieber.«

»Und dann liegt sie nicht im Bett?« fragte Chris.

»Zeitweise schon«, knurrte Schröder. »Es sei denn, diese Sau von Knecht vergewaltigt sie auf dem Fußboden.«

Chris schluckte hörbar.

******

»Du lügst!«

»Nein, ehrlich.«

Außer sich vor Wut packte sie Wolli an der Jacke. »Lüg mich nicht an!«

Sah schon komisch aus, wie die zierliche Frau versuchte, den großgewachsenen Schröder zu schütteln. Der stand nur da, hilflos, und ließ sie gewähren.

»Irena . . .«

»Was ist mit ihr?«

»Alles in Ordnung. Wirklich«, sagte Wolli. »Brauchst dir keine Gedanken zu machen.«

»Wenn es ihr gutgeht, dann gib mir ihre Adresse. Wo ist das Problem?«

»Na ja . . .« Schröder hob die Arme und sah zu ihr hilfesuchend hinüber. »Wenn du jetzt zu ihr fährst, machst du alles noch schlimmer.«

»Ihre Adresse!«

»Schluß jetzt«, sagte Chris und schob Irena zum Sofa. »Du kriegst sie schon.«

Irena machte keinerlei Anstalten, sich zu setzen. »Wann?«

»Sobald wir festgestellt haben, ob Maria mit diesem Rocholz verheiratet ist.«

Wolli zog sich die Jacke gerade. »Wenn ja, schalten wir unseren Anwalt ein. Ist nämlich nicht mein Ding, ständig die Bullen in der Bude zu haben.‹

»Und wenn nicht?«

»Hol ich deine Schwester höchstpersönlich da weg.«

»Dann stellt das fest.«

Chris zeigte auf ihre Uhr. »Bis fünfzehn Uhr sind die Ämter geschlossen.«

Für einen Moment sah es aus, als würde Irena wegkippen.

Behutsam drückte Benno ihr einen Becher heißen Tee in die Hand. »Jetzt hast du so lange gewartet, da kommt's doch auf einen Tag auch nicht an, oder?«

»Ist sie krank oder was?«

»Ja«, sagte Benno, bevor Wolli wieder mit einer blöden Ausrede herumkasperte.

Zittrig trank sie einen Schluck. »Und? Was ist das für ein Kerl?«

Benno sah Schröder an, Schröder sah Chris an.

»Nun, nicht gerade ein Schöngeist«, sagte Benno.

»Eher einer von der rustikalen Sorte«, sagte Chris.

»Ein stinkender Kleinbauer«, sagte Schröder. »Okay, du mußt es ja doch mal erfahren.« Er steckte sich eine Zigarette an und erzählte, wie Chris und er in Sterns Mülleimer gebaggert hatten. »Kannst du mal den Diskettenausdruck holen?«

Einen Moment zögerte Chris, nickte und ging raus.

Während Wolli weitererzählte, setzte Benno sich mit seinem Tee in die Fensterbank. Draußen am Vectra riß Christiane was ab und stopfte es ins Handschuhfach. Wahrscheinlich die letzte Seite mit Rocholz' Aufschrift. Eine Bewegung ließ Benno aufsehen.

Irena war neben ihn getreten. »Was heißt das, Lemanski und Rocholz waren nicht die einzigen?«

Schröder wartete, bis Chris zurück war, nahm ihr den Ausdruck ab und gab ihn Irena. »Aber fang nicht gleich wieder an zu toben.«

Sie überflog das Blatt. »Das ... ist nicht wahr.« Dann las sie nochmals. Die Gelenke ihrer Finger, mit denen sie das Papier hielt, wurden weiß. »Diese Schweine«, sagte sie leise.

Benno räusperte sich. Schröder kratzte sich am Kopf.

Irena setzte sich aufs Sofa. Theatralische Naturen hätten es mit »Hinsinken« umschrieben. »Kann ich bitte einen Schnaps haben.«

Ein Leuchten erschien in Schröders Augen. »Aber klar.«

Also bequemte Benno sich zum Vitrinenschrank und rumorte ein Fläschchen Wodka heraus. Er goß ihr ein Glas ein und setzte es vor sie auf den Tisch.

Schröder hob einen Finger wie in der Schule.

»Es ersaufen mehr im Becher, als in der Flut«, seufzte Benno, goß Wolli ebenfalls was ein und sich selbst auch. Das war aber auch ein Edelsöffchen.

»Bevor du mich fragst, nein«, sagte Chris.

Irena hielt ihr leeres Glas hin. Das Mädchen hatte einen ordentlichen Schluck drauf.

Schweigend tranken sie. Die Stimmung sackte auf den Nullpunkt ab.

Dann kam noch Hannes dazu, der auch einen Schnaps kriegte,

und Wolli hatte auch schon wieder leergetrunken und überhaupt ...

»Nichts gegen Geselligkeit.« Frau Ullmann packte ihr Täschchen. »Aber ich frag mal Irmchen, ob sie mich zum Standesamt fährt.«

****

Die dritte Flasche war fast leer, als Schröders Kopf zur Seite fiel. Der dicke Benno schlief bereits seit einer Stunde.

Vor dem Fenster verschwamm der Hof in der Dämmerung.

Irena hustete provozierend.

Schmatzend fuhr Benno sich durch den Bart und wühlte seinen Leib auf die andere Seite.

Leise stand sie auf und tapste in die Küche. Nach kurzem Suchen wurde sie fündig.

Die beiden regten sich immer noch nicht. Ohne sie aus den Augen zu lassen, ging sie zum Garderobenständer. Schröders Autoschlüssel klimperten, als sie sie aus dem Trenchcoat fischte.

Mit einem letzten Blick zog sie die Haustür auf und schlüpfte hinaus.

****

Rocholz Erwin und Ehefrau Maria Ilonka, geb. Mikolajczyk, haben am 23. 5. 1994 vor dem Standesbeamten des Standesamtes Essen-Kupferdreh die Ehe geschlossen. Unterschrieben, abgestempelt und besiegelt.

Chris ließ die Fotokopie auf den Boden flattern, drehte sich auf den Rücken und sah an die Decke.

Damit blieb ihnen, blieb Irena, nur der Weg übers Gericht. Strafanzeige wegen Verstoß gegen die guten Sitten? Pfft! Vergewaltigung, sexuelle Nötigung? Oder gar sexueller Mißbrauch Widerstandsunfähiger? Hörte sich alles gut an, was da geschrieben stand. Aber sie waren verheiratet. Und den Richter wollte sie sehen, der sich auf dieses dünne Eis wagte. Wenn ihm nicht gleich ne Erektion die Robe anhob.

Sie angelte das Strafgesetzbuch vom Boden und schlug noch mal nach.

»Menschenhandel, Zuhälterei.«

Es mußte doch was geben, womit man Rocholz, Stern und Konsorten beikam. Aber dazu mußte Maria erst mal aussagen. Und dann? Ohne Zeugen?

Das war schon alles gut gestrickt, was sich die männliche Gesetzgebung da hatte einfallen lassen. Hatten ja auch ein paar tausend Jahre Zeit gehabt, die Jungs. Für eine ledige Frau war das alles schon schwierig genug. Vergewaltigungen machten ja bekanntlich auch dem Opfer Spaß. Auch wenn frau dabei eins über die Rübe bekam oder blaugewürgt wurde. Mußte sie denn zum Tatzeitpunkt unbedingt am Tatort sein, die Dumme? Aber innerhalb der Ehe erst . . .

»Bloß nicht drüber nachdenken.«

Apropos Ehe. Wie sie Schröder kannte, und in diesem Punkt kannte sie Schröder besser als sich selbst, würde er ihr das Thema in spätestens zwei Wochen wieder auf den Tisch legen. Was dann, was dann, was dann?

»Es gibt keine Probleme. Es gibt nur Entscheidungen.«

Man Ray. Der hatte gut reden.

Was hielt sie eigentlich davon ab, nein zu sagen?

»Ja zu sagen.«

Das Problem, es war nämlich doch ein Problem, war ganz einfach . . .

Ihr Gedankenfaden wurde durch das Schrillen des Telefons abgeschnitten.

Brummelnd hopste sie von der Couch und nahm ab. »Ja?«

»Chris?« Irmchens Stimme verriet nichts Gutes. »Eure Polin ist weg! Und Schröders Auto auch!«

»Ach du Scheiße!« Schlagartig wurde ihr klar, warum Irena diese Sauferei angezettelt hatte. Rocholz' Adresse war im Vectra!

»Und die Jungs?«

»Sind voll stoned«, sagte Irmchen.

»Dank dir.« Chris warf den Hörer auf, schnappte ihre Jacke, lief zur Tür, lief zurück, schlüpfte in ihre Schuhe und war raus.

****

Den Wagen ließ sie an der Straße stehen und ging die letzten zweihundert Meter zu Fuß. Im Hof und hinter einem einzigen Fenster im Erdgeschoß brannte Licht.

Leider hatte sie den Civic nicht mehr zur Verfügung. Im Kofferraum befanden sich einige Sachen, die sie jetzt gut hätte gebrauchen können. Eine Dose Kampfgas etwa, bestens geeignet, sowohl Hund als auch Herrchen für Stunden auf die Bretter zu schicken.

Nun, dann mußte es eben ohne gehen.

Sie zog das Messer aus der Tasche und schlich, den Blick unentwegt nach allen Seiten, auf das Gebäude zu. Nach Christianes Schilderung hatte der Hund sie ohne Vorwarnung angesprungen. Blieb abzuwarten, ob sie schnell genug reagieren würde.

Bis zum Haus blieb es ruhig. Keine Tatzen, die über weichen Boden federten, kein Knurren. Nichts.

Durch das Fenster war nichts zu sehen, weil von innen ein Vorhang vorgezogen war. Drinnen lief ein Fernsehprogramm, wildes Schießen, Schreie.

Sie war noch nicht auf der Rückseite, als vorn gedämpftes Kläffen laut wurde. Demnach hatten sie den Hund in einem der Ställe eingesperrt.

Ein Regenrohr endete an der anderen Hausecke in einem Wasserfaß. Oben lief es direkt an einem Fenster vorbei.

Irena stemmte sich hoch und stand auf dem Faßrand. Das Rohr machte keinen stabilen Eindruck, doch einen anderen Weg gab es nicht. Mit beiden Händen zog sie sich hoch.

Es knackte laut.

Ihr Fuß rutschte an der Fassade ab und fand Halt am Maueranker, mit dem die Rinne angebracht war. Ohne Zeit zu verlieren, zog sie sich höher. Ihre Arme schmerzten. Die Füße beidseitig gegen das Rohr gedrückt, kam sie ein Stück voran, rutschte dann wieder ab, fand den Maueranker.

Beim zweiten Versuch bekam sie das gemauerte Fensterbrett zu fassen. Eine Minute später kniete sie vor der Scheibe.

Der Hund kläffte immer noch. Hinter der Hausecke sah sie Licht aufflammen.

»Halt endlich die Schnauze!« schrie jemand. Rocholz?

Unvermindert hielt das Kläffen an.

Jetzt.

Quer in die Fensterwandung geklemmt, stieß sie ihren Ellbogen ins Glas. Helles Splittern!

»Wart nur, Freundchen! Ich werd dir helfen!«

Der Kerl schien das Geräusch dem Hund zuzuschieben.

Ihre Hand tastete ins Innere, bekam den Griff zu fassen, drehte ihn und stieß das Fenster auf. Ihr Sprung ins Zimmer war kaum zu hören, sie federte ihr Gewicht ab und tauchte zur Seite.

Nichts passierte.

Das Zimmer war voller Gerümpel, anscheinend unbewohnt.

Sie schlich zur Tür, zog sie auf und sah ein Treppenhaus vor sich. Unten brannte jetzt Licht, von draußen drang wütendes Schimpfen herein.

Zwei Türen zweigten ab.

Vorsichtig drückte sie die Klinke der ersten herunter, trat schnell ein und schloß die Tür hinter sich.

»Errwinn?«

Für einen Moment wurde ihr schwindlig, so unvermutet traf sie dieses Glücksgefühl.

»Maria«, flüsterte sie.

»Kto tam?« Bettzeug bauschte auf.

»Maria.« Sie stürzte förmlich ans Bett, drückte die Schwester an sich. »Maria«, flüsterte sie und spürte die Tränen über ihr Gesicht laufen. »Maria.«

»Irena.« Küsse bedeckten ihr Gesicht. Heißer, fiebriger Atem.

Polternd wurde unten die Haustür zugeworfen.

»Na nas juz czas.« Sie ließ ihr keine Zeit zu fragen, löste sich von ihr und warf Maria die Kleidungsstücke zu, die über einem Stuhl hingen. »Szybki!«

Ohne zu zögern, zog Maria sich an. Erst jetzt, als ein Streifen Licht auf sie fiel, erkannte Irena, wie schlimm sie aussah. Die Augen von dunklen Rändern gezeichnet, fettiges Haar, das ihr in Strähnen ins Gesicht hing. Ihr Atem ging stoßweise.

Sie nahm ihre heiße Hand, öffnete die Tür und lauschte.

Nur Fernsehgeräusche dröhnten herauf.

Behutsam trat sie hinaus, setzte den Fuß auf die oberste Treppenstufe. Setzte ihn am Rand auf und zeigte mit dem Finger hin. Maria nickte, machte es ihr nach.

Stufe um Stufe schlich sie hinunter, die Wärme der Schwester in ihrem Rücken. Stufe um Stufe, Schritt um Schritt. Eine endlose Strecke hinunter.

Sie waren noch nicht auf dem letzten Drittel, als im Flur eine Tür aufging. Eine Fernsehstimme lachte.

Irena versteifte sich.

Ein Kerl in einem Unterhemd kam heraus, schlurfte in ein offenstehendes, dunkles Zimmer. Bierflaschen klirrten aneinander. Dann kam er zurück, blieb stehen und furzte. Wenn er jetzt den Kopf bewegte, nur einen Millimeter, mußte er sie sehen.

Er furzte noch mal und ging zurück zum Wohnzimmer.

Panik schnürte ihr fast den Hals zu. Geduckt schlich sie weiter und . . . Poltern hinter ihr! Sie konnte Maria gerade noch auffangen, ehe sie stürzte.

Blitzschnell warf der Kerl den Kopf zurück. »Was . . . Was soll das denn? Wer sind Sie?«

Die Bierflasche zersplitterte, als er sie achtlos zur Seite warf und auf sie zu sprang. »Ach nee! Hast wohl Besuch von der Verwandtschaft.«

Seine Hand bekam ihren Arm zu packen, riß sie von der Treppe; sie drehte sich noch im Stolpern, griff mit der anderen seinen Unterarm, krümmte sich und schleuderte ihn krachend vor die Wand; im nächsten Moment war sie an der Tür, riß sie auf.

»Irena!«

Sie wirbelte herum, verharrte in der Drehung.

Marias Kopf wurde von einer Männerhand in den Nacken gedrückt! Verdammt! Der andere Kerl!

»Ein Schritt, und ich brech ihr das Genick.«

Taumelnd kroch der mit dem Unterhemd auf die Füße, kam auf sie zu.

Blitzschnell war das Messer in ihrer Hand. Ein Reflex. Und genau der falsche.

Der Typ blieb stehen. Aus rotunterlaufenen Augen stierte er sie an. »Das Messer her.«

Sie hätte es nicht ziehen dürfen, ehe er nah genug heran war.

Maria schrie, als der Kerl ihr den Kopf nach hinten bog.

»Das Messer her.«

Scheppernd ließ sie es fallen.

Er machte nicht den Fehler, den sie erhofft hatte. Er bückte sich nicht danach, sondern ließ es einfach liegen. »Du bist Ihre Schwester, was?«

»Irena Mikolajczyk«, sagte sie. »Kriminalpolizei Kattowitz.«

»Halt die Schnauze.« Mit dem Kopf deutete er zum Wohnzimmer und trat zurück. »Da rein.«

Langsam ging sie an ihm vorbei, den Blick zu Maria, die immer noch im Griff des zweiten Scheißkerls hing.

»Beeil dich gefälligst!«

Sie wollte eintreten, da warf der Schlag sie vor den Türrahmen. Ehe sie reagieren konnte, trat er ihr in die Beine, daß sie auf die Bodenkacheln knallte. Ein Tritt in den Rücken nahm ihr die Luft. Dann war er auf ihr, riß ihre Arme nach hinten.

Im Flur schrie Maria auf.

»Sind Sie verrückt, ich ...«

»Schnauze!«

Ihr Kopf wurde auf die Kacheln geschlagen. Für ein paar Sekunden war sie weg. Dann spürte sie den Druck an ihren Handgelenken, den Gürtel, der ihr das Fleisch einschnitt.

Als sie sich auf den Rücken drehte, stand er breitbeinig über ihr. »Du wolltest wohl mit ihr abhauen, was? Mich bescheißen, was?«

Ein Tritt in ihre Seite. Sie schnappte nach Luft, krümmte sich zusammen. Wie durch einen Nebel sah sie Maria. Maria, die von dem anderen Kerl auf ein Sofa gestoßen wurde.

»Weißt du, was mich die Schlampe gekostet hat? Fünftausend Mark.« Er sprang zum Sofa, riß Maria hoch und warf sie voller Wucht gegen die Wand. »Ist das der Dank? Daß ich dich aus der Scheiße geholt hab? Daß ich dich geheiratet hab? Du Polenfotze?«

Marias Kopf flog zurück, als sein Handrücken sie traf.

»Hören Sie auf, Sie Tier!« Vergeblich versuchte Irena aufzustehen.

Der Kerl drehte sich um. Spreizte die Finger seiner Schlaghand, zog sie zusammen und grinste. Langsam kam er auf sie zu.

****

Der Vectra stand oben an der Straße.

Chris bretterte in den Weg und sprang aus dem Cherry, kaum daß er stand. Das Erdgeschoß war erleuchtet, ein Spaltbreit Licht fiel aus der Haustür. Jemand schrie, eine Frau!

Mit der Schulter stieß sie die Tür auf, sah gegenüber ein Wohnzimmer, einen Kerl, der erschreckt rübersah. Noch im Laufen zog sie den Revolver.

Im Bruchteil einer Sekunde erfaßte sie die Situation. Zusammengerollt wie ein Embryo krümmte sich eine Frau auf dem Sofa. Maria! Auf dem leergefegten Tisch Irena, kreischend und um sich tretend, das Gesicht blutend, mit zerfetzter Bluse. Rocholz wirbelte herum.

»Okay, das war's! Zur Wand! Alles sofort zur Wand! Und die Flossen hoch!«

Rocholz starrte sie an wie ein Gespenst.

»Weg da! Los, an die Wand! Oder ich schieß dir die Eier ab! Ja, wird's bald?« Der Revolverlauf schwenkte auf Rocholz, dann zum Knecht und wieder zurück. »Ich sag das nicht noch mal!«

Rocholz machte einen Schritt zurück und stolperte dann zur Wand neben der Tür.

»Und zieh die Hose hoch, du Drecksau!«

Hektisch machte Rocholz sich am Reißverschluß zu schaffen. Der Knecht starrte sie immer noch verblüfft an.

Mit offenem Mund hatte Maria sich aufgerichtet und wischte die Haarsträhnen beiseite.

Die Waffe in die andere Hand wechselnd, tastete Chris nach Irena. »Alles in Ordnung?«

»Fühl mich großartig«, keuchte Irena und rutschte vom Tisch. »Er hat mir die Hände . . .«

»Seh schon.« Mit der freien Hand versuchte sie, den Riemen aufzuziehen. Es klappte nicht.

»Was soll das eigentlich?« blaffte Rocholz. »Das ist ein Privathaus. Sie haben kein Recht, hier einzudringen. Und schon gar nicht mit ner Knarre.«

Chris machte einen schnellen Schritt nach vorn, daß beide Kerls zurückwichen. »Paß mal auf, du Klugscheißer. An deiner Stelle würde ich mir jedes Wort überlegen. Jedes!«

»Erwin«, sagte der Knecht.

Der Ton, in dem er es sagte, gefiel Chris nicht.

»Erwin, das ist keine echte.«

»He?«

»Mund halten«, bellte Chris.

Der Knecht zeigte auf den Revolver. »Das ist en K50, en Gasrevolver.«

»Ach nee«, grinste Rocholz.

Der Knecht löste sich von der Wand und kam auf sie zu.

Irena sah sie entsetzt an.

Maria hielt die Hand vor den Mund.

»Stehenbleiben! Oder ich knall dich ab!«

Jetzt kam auch in Rocholz Bewegung.

»Bleibt stehen!«

»Schieß doch«, grinste der Knecht und zeigte auf seine Brust. »Mach doch einfach.«

Das Gas in den Neun-Millimeter-Patronen reichte für gewöhnlich aus, um einen Mann kampfunfähig zu machen. Wenn man ihm beispielsweise direkt ins Gesicht schoß. Voraussetzung war allerdings, daß man sie vorher in die Trommel steckte. Und irgendwie war Chris wohl noch nicht dazu gekommen.

»Mist auch!« Sie schleuderte ihm die Waffe ins Gesicht. Der Typ quiekte vor Schmerz, seine Hand verfehlte sie nur knapp.

Sie versuchte, rechts an ihm vorbeizukommen.

Doch Rocholz war schneller.

Chris spürte noch, wie was Glühendes durch ihre Kopfhaut zog, dann riß er sie an den Haaren zurück. Gleichzeitig wurde ihr Arm auf den Rücken gehebelt. Bevor ihr auch nur irgendwas klarwerden konnte, knallte es in ihr Gesicht. Ein zweiter Schlag. Metallischer Blutgeschmack füllte ihren Mund.

»Dich mach ich fertig.« Die Knechtfratze tauchte vor ihr auf.

»Halt dich zurück, Karl«, fauchte Rocholz.

Sein Griff ließ nicht einen Deut nach. Selbst wenn Chris danach zumute gewesen wäre, sie hätte ihren Kopf nicht bewegen können.

»Wer bist du? Was willst du hier?« fragte Rocholz.

»Geht dich einen Dreck an«, hauchte Chris und machte sich auf den nächsten Schlag gefaßt. Er blieb aus.

»Du da.« Rocholz deutete auf Irena, die plötzlich Tränen in den Augen hatte. »Wer ist die Kleine?«

»Du hast doch gehört, was sie gesagt hat.«

Karl schlug zu.

»Nein«, schrie Irena. »Laßt sie!«

Chris japste. Sie hatte das Gefühl, ihre Gesichtshaut würde einreißen. Etwas lief ihr warm am Kinn entlang.

»Ich sag ja alles«, rief Irena. »Sie arbeitet für eine Detektei. Sie waren hinter Lemanski her, den kennt ihr nicht. Und dann sind sie Stern auf die Schliche gekommen.«

Jetzt, dachte Chris. Oder sie schlagen dich tot. »Sei still! Erzähl den Schweinen doch nicht alles!«

Blitzschnell fuhr Karls Hand hoch.

Chris spuckte.

Blutiger Schleim klatschte ihm ins Gesicht, daß er erschreckt zusammenzuckte.

Irena sprang auf und rammte ihm den Kopf in den Rücken.

Ganz kurz nur, verwirrt, lockerte Rocholz seinen Griff.

Mit aller Kraft riß Christiane sich los, wirbelte um die Achse und schlug ihm dumpf die Faust zwischen die Beine.

Den Mund zu einem lautlosen Schrei geöffnet, preßte er röchelnd beide Hände vor den Unterleib.

Ein durchdringender Schrei!

Chris sah noch, wie Irena hochsprang und mit der Fußspitze Karls Schläfe traf. Der Knecht donnerte gegen den Wohnzimmerschrank, riß ihn unter lautem Scheppern um und wurde halb unter ihm begraben.

»Ihr Scheißfotzen.« Luft ziehend, eine Bierflasche in der Faust, wankte Rocholz auf sie zu.

Hinter ihm schwang ein Stuhl durch die Luft und krachte auf ihn nieder.

Maria.

Rocholz kippte wie ein gefällter Baum.

Noch während er fiel, sprang Maria zu ihrer Schwester und zerrte ihr die Fesseln ab.

Japsend wie ein Hund, sackte Chris auf die Knie. »Gute Arbeit, Ladies.«

»Ach was.« Irena war kaum fähig zu sprechen. »Wir waren schließlich in der Überzahl.«

Chris beschloß endgültig, sie zu mögen.

****

Wie eine Rakete schoß das Taxi auf den Hof, schleuderte einen Bogen und verfehlte den Cherry nur um Zentimeter.

Schröder war als erster raus, hinter ihm Irmchen, dann der Dicke. Den stechenden Kopfschmerz hinter der Stirn ignorierend, rannte Schröder los, war im Haus, durch den Flur und schlitterte ins Wohnzimmer, die Magnum im Anschlag.

»Hi.« Die Nase blutverschmiert, stand Chris auf und grinste schief. »Tut mir leid, die Party ist schon zu Ende.«

»Chris!« Den Revolver noch in der Hand, schnappte Schröder sie sich und schlang beide Arme um sie. »Chris, mein Gott. Was macht ihr denn für Sachen?« Abrupt hielt er sie ein Stück von sich. »Wer war das? Wer hat das getan?«

Sein Blick fiel auf den Knecht, der reglos unter verschiedenen Schrankteilen lag, Arme und Füße mit Gardinenschnur umwikkelt. Dann auf Rocholz neben der Tür, zusammengekrümmt und ebenfalls gefesselt.

»Du also!«

Mit beiden Händen riß er die stöhnende Gestalt hoch und knallte sie mit dem Rücken auf den Tisch. »Was muß ich hören? Du hast dich an der Dame vergriffen?«

Heftig schüttelte Rocholz den Kopf.

»Wolli! Er hat mich nur festgehalten.«

»Ach? Nur festgehalten? Zwei Männer gegen eine kleine Frau!« Er zog ihm den Gürtel von den Handgelenken. »Dann mache ich dich jetzt mal los, gell? Im Gegensatz zu dir schlage ich nämlich keine Wehrlosen zusammen.«

»Schröder!« Benno klang nicht so, als würde er viel Widerrede dulden.

»Eine Minute nur, Dicker.«

»Wolli.« Chris legte ihre Hand auf seinen Arm. »Glaub mir, die haben beide genug für heute.«

Schröder atmete tief aus. »Du hast einen Schutzengel, du Stinktier. Merkst du das?« Damit stieß er Rocholz' Gesicht mit der Hand weg.

Kraftlos rutschte der Bauer auf den Boden zurück.

»Was soll die Aufregung«, sagte Chris. »Wir sind prima klargekommen, stimmt's?«

»Kein Problem.« Irena nickte müde. Sie sah nicht viel besser aus als Chris. Beiläufig raffte sie die Fetzen ihrer Bluse zusammen und drückte Maria an sich.

»Wart ihr das alles?« Verwundert stieg der Dicke über die Trümmer. Scherben knackten unter seinen Schuhen. »Also, ich hab das Gerede vom schwachen Geschlecht eh nie geglaubt.«

Irmchen, pragmatisch nach unzähligen Taxifahrernächten, erschien mit einem Erste-Hilfe-Kasten. »Jetzt geh mal da weg, Schröder.« Drückte ihn zur Seite, schüttelte gleichzeitig ein Fläschchen Jod und machte sich an Christianes Kopf zu schaffen.

Inzwischen sah Benno nach Irena, die immer noch Probleme mit der Luft hatte.

Wolli wickelte Maria, die bisher nicht einen Ton rausgebracht hatte, erst mal fest in eine Decke.

Chris zischte schmerzhaft.

»Ist Gott sei Dank nichts gebrochen«, sagte Irmchen und tupfte ihr mit einem Vlies über die Nase.« Ich hoffe, du hast ihm wenigstens ordentlich was in die Fresse gegeben.«

»Er hat jedenfalls nicht nach mehr verlangt.«

»Alles klar.« Irmchen klappte den Kasten zu. »Der Rest verwächst sich. Steh mal auf. Kannst du laufen?«

»Schön, machen wir den Abflug«, sagte Benno und packte sich die fieberheiße Maria kurzerhand auf den Arm.

»Wollt ihr die etwa laufen lassen? Diese Mistkerle?« Mit einem Satz war Irena auf und wollte auf Rocholz los.

Schröder konnte sie gerade noch festhalten. »Leutnant Mikolajczyk, ich muß doch sehr bitten.« Und schob sie zur Tür. »So kommt ihr nie in die EG.«

****

»Ach, du heiliger Arsch.« Joschi Bender hob seinen tropfnassen Schnurrbart aus der Teetasse. »Erst Hausfriedensbruch und jetzt Menschenraub. Habt ihr noch nie was von Rechtsstaatlichkeit gehört?«

»Wieso Menschenraub?« Schröder kam aus der Dunkelkammer zurück und besorgte es einer Dose Bier. »Sollten wir Maria vielleicht dalassen? Einer von meinen neuen Bekannten würde das Gefahr im Verzug nennen. Und der ist Hauptkommissar.«

»Einige von meinen sind Richter. Und die werden euch daraus einen Strick mit Namen Freiheitsberaubung drehen.« Joschi steckte sich ein Zigarillo an und zerwedelte den Rauch. »Wie dieses amtliche Dokument beweist, sind die beiden Mann und Frau. Folglich seid ihr nicht berechtigt, die Ehefrau gegen seinen Willen außer Haus zu bringen.«

»Ja, spinn ich eigentlich oder was?« Schröder knallte die Bierdose auf den Schreibtisch, daß es in den Schnittblumen rieselte. »Der hätte sie allegemacht! Und es ist meine verdammte Pflicht, ihn daran zu hindern. Wozu sonst läuft sich denn unsereiner jeden Tag den Arsch ab? Damit solche Viecher von der Straße kommen!«

»Was Wolfgang meint ...« versuchte Benno.

»Was Wolfgang meint, ist schnell gesagt«, blaffte Schröder. »Bring diese Schweine hinter Gitter. Egal wie, egal weswegen, egal wie teuer. Das meint Wolfgang.«

Bender seufzte.

Chris zog dic Nase hoch. »Joschi, du willst mir doch nicht erzählen, da gäbe es keine Handhabe.« Sie hatte die Füße auf den Schreibtisch gelegt, rauchte und hielt einen Eisbeutel an ihre Nasenwurzel. »Der Rocholz hat Maria nicht nur vertrimmt wie einen Hund, der hat sie auch zur Vergewaltigung freigegeben. Wolli hat das doch mitgekriegt.«

»Ach? Hat er daneben gesessen?«

»Ich glaub das nicht«, stöhnte Wolli.

Benno winkte mit der Teekanne in Benders Richtung. »Noch ein Schlückchen was Grünes?«

»Gern.« Joschi hielt seine Tasse hin. »Sehr schmackelig. Was issn das?«

»Japanischer Gabalong«, erklärte Benno und goß sich ebenfalls nach. »Ein ganz leicht gerolltes Blatt aus der dritten Pflückung. Gibt eine sattgrüne Tasse mit ...«

»Wenn die Herren mit Teeschlabbern durch sind, würde ich gern noch ein Wort zum Fall sagen.« Schröder hatte schon wieder erhöhten Blutdruck im Hemdkragen. Er gluckerte den Rest Bier weg, knüllte die Dose zusammen und warf sie in den Papierkorb. »Was gedenkst du für das Geld, das meine Rechtsschutz-Versicherung dir vor die Füße schüttet, zu tun, Anwalt der Gerechtigkeit?«

Bender süffelte. Dann klemmte er sich das Zigarillo in den Schnurrbart. »Obwohl es aussichtslos erscheint, werde ich Strafantrag gegen Rocholz und seinen Handlanger stellen. Die Straftatbestände stelle ich noch zusammen.«

»Alles ab Paragraph 178«, sagte Chris.

»Desgleichen werden wir Stern angehen, wegen des Verdachts auf Menschenhandel. Aber das sag ich euch jetzt schon, da ist nichts zu machen. Die Geschäfte dieser sogenannten Heiratsvermittler sind juristisch wasserdicht. Selbst wenn er dieselbe Frau zehnmal weiterreicht.«

»Klar, sicher. Was ist schon dabei?«

Joschi ignorierte den Chef einfach. »Stern kann geltend machen, Maria hätte sich als schwer vermittlungsfähig erwiesen. Daß er für jede neue Vermittlung Geld genommen hat, stellt seine Geschäftsgrundlage dar und ist sein gutes Recht.«

»Wozu ist deine Rechtsstaatlichkeit eigentlich gut? He? Sag's mir. Ich würd es zu gern mal hören.«

»Okay, Schröder.« Bender steckte sein Feuerzeug ein und stand auf. »Ich hab versucht, es dir zu erklären. Meinst du, mir macht das Spaß?« Damit ging er zur Tür.

»Wolli«, zischte Chris und schwang die Beine vom Tisch.

»Mensch, Joschi.« Bis zur Tür lief Schröder ihm nach. »Laß uns jetzt nicht hängen. Ich reg mich auch nicht mehr auf, ehrlich. Komm, setz dich. Trink dir noch so n Täßchen warmen Blättersaft, und dann regeln wir das.«

Bender sah ihn an, sah in die Runde und seufzte.

Hinter ihm kam Irena herein.

»Wie geht's Maria?«

»Sie schläft jetzt.«

Noch von unterwegs hatten sie einen Arzt angerufen, der in dieser Nacht Notdienst hatte. Er war auch sofort gekommen, hatte eine stark verschleppte Grippe festgestellt und ihr was gespritzt. Aber das Fieber stellte momentan nur das geringste Problem für Maria dar.

Als hätte Irena Bennos Gedanken erraten, wandte sie sich an

Joschi. »Glauben Sie, es wird Schwierigkeiten mit der Scheidung geben?«

»Damit nicht.« Joschi zerdrückte sein Zigarillo im Aschenbecher. »Allerdings besteht dadurch die Gefahr der Abschiebung. Sie besitzt keine deutsche Staatsangehörigkeit, und ihr Touristenvisum ist bereits abgelaufen.«

»Sie will also bleiben?« fragte Chris. Irgendwie schien sie das nicht glauben zu können.

Irena nickte. »Vorerst. Aber ohne Mann.«

»O wie gut ich das verstehe.«

»Was soll das nun wieder heißen?« moserte Wolli. Und zu Bender: »Kann man das mit der Abschiebung nicht verhindern?«

»Tja...«, machte Joschi. »Wenn sie einen festen Arbeitsplatz hätte, sähe das schon anders aus.«

»Wenn's mehr nicht ist.« Schröder suchte nach einem Briefbogen, drückte ihn Chris in die Hand und schob sie mitsamt Rollstuhl zur Maschine. »Schreib mal, Chris: Aufgrund Ihres Vorstellungsgesprächs von heute abend haben wir uns dazu entschlossen... Hast du?«

»... uns dazu entschlossen...«

»... Ihnen mit sofortiger Wirkung die vakante Anstellung als... äh...«

»Koordinierung der Einsätze«, schlug Benno vor.

»... als Funk-Einsatz-Koordinatorin zu übertragen. Mit freundlichen Grüßen. Datum von heute.« Und wichtig: »Ich möchte das morgen früh in der Unterschriftenmappe haben.«

»Geht nicht«, sagte Chris. »Wir haben keine.«

****

»Tut sie noch weh?«

»He? Was?«

»Deine Schulter.«

Sofort griff Schröder in Richtung Schlüsselbein und zog schmerzhaft die Luft ein.

»Papa ...«

»Ich sollte dir so den Hintern vertrimmen, daß du meinst, du sitzt auf ner heißen Herdplatte«, donnerte Schröder.

An allen Tischen fuhren Köpfe herum.

»Ist doch wahr«, setzte er leiser nach.

Schmollmundig löffelte Anna ihr Eis. »Aber er hat mich doch angefaßt.«

»Ja. Wahrscheinlich, als er dir beim Vorstellen die Hand gegeben hat.«

Anna aß weiter, hielt ihren Blick aber reumütig auf die Tischplatte gerichtet. »Dann hab ich das eben falsch interpretiert.«

Heftig schob Schröder seine Kaffeetasse beiseite und beugte sich über ihr Eis. »Kannst du dir überhaupt vorstellen, was für eine Blama ... Wie ich mich gefühlt hab? Meine eigene Tochter!« Er ließ sich zurück gegen die Lehne fallen. »Hetzt mich gegen eine Kampfmaschine auf!«

»Tut mir leid. Das mit dem Aikido wußte ich nicht.«

Jetzt legte sie auch noch die Hand auf seine. Schröder knurrte. Wie sollte er da in Fahrt kommen?

»Findest du es denn in Ordnung, daß Mutti diesen Typen heiraten will?« Seine Tochter kratzte ihren Becher aus und blätterte schon wieder in der Karte. »In ihrem Alter. Ist doch Torschlußpanik, so was.«

»Also, hör mal«, sagte Wolli. »Sie ist ein Jahr jünger als ich. Und überhaupt, ich ... äh ... Warum nicht?«

»O mein Gott«, sagte Anna und verdrehte die Augen. »Jetzt sag nicht, du hast dasselbe mit der Ullmann vor.«

»Für dich Frau Ullmann oder Tante Christiane.«

Anna ließ die Zunge raushängen.

Das hatte sie von ihm. Ein kleiner Stolz kämpfte sich mit Ellbogen in sein Bewußtsein. Seine Tochter! Ein Biest zwar, und was für eins. Aber es war seine Tochter. Sie kam überhaupt viel mehr auf ihn raus als auf ihre Mutter. Bis auf diese Arroganz. Doch er war sicher, das war kein genetisches Ding, sondern Verenas schlechter Einfluß.

»Ihr seid irgendwie nicht normal, ihr Alten. Kann ich noch einen Cappuccino haben?« Ohne seine Antwort abzuwarten, machte sie dem Kellner ein Zeichen. »Hängt euch freiwillig so einen Klotz ans Bein.«

»Was weißt du von der Ehe?«

»Zum Beispiel, daß jede dritte geschieden wird. He, Sie! Einen Cappuccino. Du auch noch was, Dad?«

»Sag nicht Dad zu mir, sonst kleb ich dir eine.«

Sie warf ihre Haare zurück und strahlte ihn an.

Die Augen hatte sie auch von ihm. Schröder schmolz weg wie ein vergessenes Nogger auf der Heizung.

»Ich jedenfalls werde mich nicht auf diese Spielchen Krieg-ich-deinen-Ring-kriegst-du-meinen einlassen. Nur damit mich so ein Typ lebenslänglich unterdrücken kann.«

»Seh ich etwa wie ein Unterdrückter aus?«

»Ach, du.« Sie lachte, griff über den Tisch und knuffelte ihm in die Backe. »Du wärst der einzige, bei dem ich eine Ausnahme machen würde.«

Lieber Himmel, war sie nett, wenn sie ausnahmsweise mal lachte. Schröder riß seinen Blick von ihr los. Nachher meinte noch das halbe Eiscafé, er stände auf junge Dinger. Er räusperte sich. »Was hast du eigentlich gegen Chris? Ist doch ne patente Frau.«

»Anderes Thema«, sagte Anna.

»Wie läuft's auf der Uni?« Seit drei Semestern versuchte sie sich ebenso gelangweilt wie erfolglos in Germanistik und Kunstgeschichte.

»Lord Pips geht es wieder besser«, konterte sie. »Ich glaube, Mutti will ihn dir nächste Tage vorbeibringen.«

Schröder grinste. »Nun komm. Sag doch mal.«

Anna lutschte an ihrem Löffel rum und sah nachdenklich über seinen Kopf hinweg. »Ist ja gerade der Haken. Sie ist patent. Ja, nett ist sie.«

»Du bist eifersüchtig auf Chris, stimmt's?«

»Und?« Anna ließ ihre Schultern zucken und machte Platz für den Cappuccino. »Ich war schließlich eher da als sie.« Immer noch nachdenklich rührte sie in der Sahne. »Überleg dir das gut, Papa.«

Schröder nickte. »Tu ich, mein Hase.«

»Und noch was.«

»Ja?«

»Nenn mich nicht Hase, Dad.«

****

Mit zwei Anhängern Futtermais knatterte Willi Plaßmanns Unimog vorbei. Auf dem hinteren Kotflügel pappte ein Aufkleber *Power to the Bauer*.

Eine Taube gurrte in der Dachrinne über Omas Haustür und ließ etwas Weißes auf die Geranien plitschen.

Die Sonne stand tief hinter den Feldern. Nicht mehr lange, und es würde dunkel sein. Indianersommer.

Kracks!

Chris sah zur Seite.

Benno pulte hellbraune Schalen aus der Handfläche und warf sie über den Rücken. »Da.« Er gab ihr eine Haselnuß, steckte sich die andere in den Mund. »Sind früh reif dieses Jahr.«

Sie saßen auf dem Zaun am Birkenweg, eine Stunde schon bald, hatten die meiste Zeit geschwiegen und Nüsse gegessen.

»Welch Frieden atmet dieses Bild.«

»Weißt du, was das Gemeine an unserem Beruf ist?« fragte Chris. »Daß wir immer verlieren.«

»Na.« Benno wiegte den Kopf. Kracks!

»Doch. Den Bösen passiert überhaupt nix, und die Guten stehen am Schluß belämmert da.«

»Kannst du so nicht sagen.« Benno wählte eine besonders schöne Nuß aus und gab sie ihr. »Schließlich hat Rocholz jetzt ein Verfahren wegen schwerer Körperverletzung am Hals.«

»Ja, toll. Und gleichzeitig verklagt er uns auf Sachbeschädigung und Hausfriedensbruch. Und die Staatsanwaltschaft stellt das Verfahren gegen Stern ein.«

Kracks!

»Ob wir noch mal was von Lemanski hören?«

»Ach.« Chris winkte ab, nahm aber noch eine Nuß. »Eine Ratte wie der findet immer einen Unterschlupf.« Sie seufzte. »Ich hätte so gern wenigstens einen von denen im Knast gesehen.«

»Rache ist keine große Zierde für die Seele, sagt Lessing.«

»Der hat auch in ner anderen Branche gearbeitet.«

Eine Weile kauten sie ihre Nüsse und sahen zu, wie die Sonne hinterm Horizont abrutschte.

»Es dauert mich«, sagte Benno.

Chris wußte, was er meinte. Maria.

Unter Joschi Benders Aufsicht hatten sie ihre Sachen von Rocholz geholt und sie bei Hannes und Petra untergebracht. Ihre Schwester hatte ihr das restliche Geld dagelassen, und mit der vorläufigen Stelle bei Schröder hätte es eigentlich irgendwie weitergehen müssen.

Ging aber nicht.

Zwei Tage später war sie weg.

Die Woche drauf hatte Irena aus Polen angerufen. Maria war wieder zu Hause, sprach kaum, aß nichts und weinte viel.

»Ja, schade.«

Ein Motor brummte die Ludscheidtstraße hoch.

Gegen seine Gewohnheit hielt Schröder sich an die Geschwindigkeitsbegrenzung und bog nahezu gemächlich auf den Hof ein. Er ließ es sich nicht mal nehmen, ums Auto herumzuwuseln und Oma Lene beim Aussteigen zu helfen.

»Hach!« Oma tapste sich vor die Stirn. »Jetzt hab ich doch die Kräm fräsch vergessen.«

»Bring ich dir morgen vorbei.«

»Aber ich wollt doch heute abend Zwiebelkuchen backen«, sagte Oma.

»Zwiebelkuchen?« Benno rutschte vom Zaun. »Ich fahr noch mal rasch.«

Kerls.

ENDE

Conny Lens, geboren am 10. 3. 1951 in Essen, war EDV-Angestellter, ist seit jeher der Kriminalliteratur verfallen, veröffentlichte zahlreiche Romane, Erzählungen und Storys, produzierte Hörspiele, verfaßte Drehbücher fürs deutsche Fernsehen, lebt als freier Schriftsteller und Mitglied der Autorengruppe Kriminalliteratur e. V. »Das Syndikat« in Datteln.
Im Haffmans Verlag erschienen: *Silvi und Mokka* (Krimi, 1992) – *Verliebt in den Tod* (Erotischer Kriminalroman, 1994); aus der Serie »Steeler Straße«: *Die Sonnenbrillenfrau* (Krimi, 1990) – *Ottos Hobby* (Krimi, 1990) – *Casablanca ist weit* (Krimi, 1991) – *Endstation Abendrot* (Krimi, 1992).